La teoría de los archipiélagos

Novela

Biografía

Alice Kellen (Silvia Hervás) nació en Valencia en 1989. Es una enamorada de los gatos, el arte y las visitas interminables a librerías. Además, le encanta vivir entre los personajes y las emociones que plasma en el papel. Ha publicado 15 novelas, entre ellas *El mapa de los anhelos*, *La teoría de los archipiélagos*, *Donde todo brilla* y *Quedará el amor*, que han fascinado a más de 2.500.000 lectores.

www.alicekellen.com

@alicekellen_

Alice Kellen
La teoría de los archipiélagos

Planeta

Avda. Diagonal, 662-664, 08034 Barcelona (España)
www.planetadelibros.com

Canciones del interior:
pág. 107: *Blowin' in the Wind*, ℗ 1963, Columbia, interpretada por Bob Dylan
pág. 169: *Como yo te amo*, ℗ 1980, Hispavox, interpretada por Raphael
pág. 170: *Solo pienso en ti*, ℗ 1978, Discos CBS, S.A., interpretada por Víctor Manuel

Adaptación de la cubierta: Booket / Área Editorial Grupo Planeta
Imagen de la cubierta: © Ana Gómez García
Primera edición en Colección Booket: septiembre de 2024

Depósito legal: B. 13.437-2024
ISBN: 978-84-08-29286-9
Impresión y encuadernación: Egedsa
Printed in Spain - Impreso en España

Para Pablo, que confió en esta historia
(y en todas las demás)

Uno tiene que estar feliz donde puede
si no puede estar feliz donde quiere.

Catalina Aguilar Mastretta

PRIMAVERA, 2018

Todo ha cambiado, aunque Martín no está seguro de que sus recuerdos sean fieles, porque han pasado casi cuarenta años desde que llegó al pueblo en mitad de una tormenta y subido a un destartalado Ford blanco que pedía a gritos una muerte digna.

Ahora, las calles lo reciben silenciosas. No lo reconocen. No saben quién es. Pensarán que se trata de un forastero más que desea alejarse del ruido de la ciudad, pero lo que busca el hombre de setenta y dos años que acaba de parar delante del hostal es un amor perdido. Todavía no está seguro de cómo empezar a buscarlo; al fin y al cabo, no se trata de un calcetín o de un antiguo cromo. Y no va a ser tan sencillo dar con esa persona, porque lo que le interesa no es un cuerpo, sino descubrir si todo lo que ambos entretejieron, esa historia efímera pero profunda, ha sobrevivido después de tantas décadas.

A Martín también lo azotan otras dudas que siempre arrastra el paso del tiempo, por eso tiene miedo. Tiene tanto miedo que no está seguro de que las manos agarrotadas se deban tan solo a la artrosis. La pregunta que ha flotado a su alrededor durante todo el trayecto desde Madrid hasta Valencia es: ¿seguirá latiendo ese corazón que tanto echa de menos o se paró un día cualquiera y el vínculo que los unía estaba tan desgastado que él ni siquiera lo notó? Quizá estaba tomándose un café en el bar del barrio o leyendo las noticias en el periódico, incapaz de percibir que aquello había ocurrido.

Sea como sea, necesita averiguarlo.

Martín está convencido de que un inflexible reloj que nadie más puede ver lo acompaña a todas partes desde hace unos años, y el tic, tac, tic, tac no lo deja dormir tranquilo. Sabe que el tiempo corre en su contra. Sabe que es su última oportunidad. Y sabe que necesita tener una conversación más con su antiguo amor antes de despedirse de este mundo.

La dueña del hostal le dice que quedan dos habitaciones libres.

—¿En qué se diferencian?

—La ventana de la habitación doble da a la calle principal; además, es más grande y tiene una zona de estar con una cafetera e infusiones.

—Me quedaré con esa.

—¿Cuántas noches estará?

—Todavía no lo he decidido.

La mujer le dirige una mirada curiosa, pero es evidente que tras años regentando aquel hostal domina el arte de no hacer preguntas incómodas.

—De acuerdo. Bastará con que pague cada noche con veinticuatro horas de antelación —dice mientras Martín saca unos cuantos billetes y los deja sobre el mostrador de madera envejecida—. Tenga, esta es la llave de la habitación.

Después, tarda una eternidad en subir hasta el segundo piso: un escalón, otro y otro más, cualquiera diría que no se acaban nunca. Al entrar, deja la maleta sobre la alfombra, que tiene un diseño floreado que parece fundirse con el estampado del edredón que cubre la cama. Martín abre las ventanas, respira el aire cálido primaveral y luego empieza a deshacer el equipaje. No ha traído gran cosa, tan solo unas cuantas camisas lisas de algodón, pantalones de pana, que su nieta insiste en que están pasados de moda, un sombrero de paja que nunca ha usado en Madrid, algunos libros que años atrás se prometió releer, varias fotografías dentro de la cartera, sus medicinas y, lo más importante, un cuaderno de dibujo antiguo con las páginas amarillentas.

A algunas personas les da por aferrarse a cosas materiales conforme se hacen mayores y, sin embargo, a él le ha ocurrido todo lo contrario: respeta la fascinación que los objetos despiertan en el alma, pero dejó de darles valor cuando comprendió que nada de eso podría hacerlo feliz. Martín considera que hay dos tipos de felicidad: la de los pequeños momentos, ordinariamente asequible, y la plena, pura e inmensa, un bienestar tan hondo que es capaz de emborrachar hasta el delirio.

Una vez, él se sintió así.

Pero no cree que pueda repetirse, porque ese tipo de felicidad es como ver una estrella fugaz en una noche nublada o perder un botón en la calle y encontrarlo días después.

Antes de salir de la habitación, mira su teléfono y no le sorprende descubrir que no hay ninguna llamada. Sus hijos siempre están ocupados corriendo a todas partes, como le pasa a la gente joven, y sus dos nietas tienen mejores cosas que hacer que perder el tiempo hablando con un anciano como él. En una ocasión, la más pequeña hizo un trabajo para el instituto que tituló «Mi abuelo Martín», y durante varias tardes merendaron churros con chocolate en una cafetería de Lavapiés y charlaron durante horas. Cuando terminaron, ella le aseguró que lo había disfrutado y que deberían repetir el plan una vez a la semana, pero la intención cayó en el olvido y él no quiso recordárselo para no molestarla.

Martín se siente como si fuese un puñado de azúcar disolviéndose en café caliente. Cree que todo él va desapareciendo conforme envejece. En las últimas décadas ha desaparecido la fuerza que tenía en las piernas y en los brazos; han desaparecido recuerdos, objetos que un día le importaron y la emoción de alcanzar metas; ha desaparecido incluso la percepción que tenía del tiempo y del espacio, como si todo se hubiese ralentizado.

Se ha vuelto invisible, incluso para sus allegados.

Pese al dolor, Martín lo entiende porque él también fue joven y recuerda la sensación de pensar que el mundo era un lugar burbujeante y lleno de estímulos.

Sin embargo, le hubiese gustado comer más churros con chocolate junto a su nieta, sí. Y quizá seguir desgranando con ella retazos de su vida hasta dejar atrás lo superfluo y llegar más abajo, más, para tocar la afilada verdad. Esa verdad que tan solo conoce otra persona y que tiene que ver con una historia de amor y desamor, tan dulce como el almíbar y tan amarga como todas las despedidas.

VERANO, 1980

Dentro de su viejo Ford blanco, Martín se inclinó y entornó los ojos para intentar ver algo en medio de la tormenta que se había desatado instantes antes de tomar el desvío que conducía hacia el pueblo. Los limpiaparabrisas se movían con rapidez, pero no era suficiente para ganarles la batalla a las gruesas gotas de lluvia.

—Mierda. —Soltó un suspiro y frenó a un lado de la carretera.

Sacó el mapa de la guantera y lo abrió sobre el volante. No tenía ni idea de dónde estaba, aunque las indicaciones de su jefe habían sido precisas: «En cuanto entres en el pueblo, gira a la derecha, sigue recto y en el tercer cruce te desvías hacia la izquierda.

La casa está en el número 17, tiene un buzón de color verde».

Llevaba un rato dando vueltas sin ver ningún maldito buzón verde. Al final, gruñendo por lo bajo, se peleó tontamente con el mapa, lo tiró en el asiento de al lado y bajó del coche. No llevaba paraguas. Corrió hasta el bar de la esquina y unas campanillas tintinearon cuando abrió la puerta. Varios pares de ojos se posaron en él y seguro que tardaron menos de un segundo en deducir que aquel no era su sitio. No se equivocaban. Martín se apartó el pelo húmedo de la frente, se acercó a la barra y pidió una gaseosa. Después, abordó al camarero de rostro enjuto que lo miraba con desconfianza:

—Busco la casa de Álvaro Ugarte, quizá lo conozca. Es mi jefe. Me dio instrucciones para encontrarla, pero con esta lluvia...

—La tienes al final de la calle. La gaseosa son cuarenta pesetas.

Martín le dio las gracias, se terminó el refresco y salió de allí con la esperanza de no tener que volver. Nunca le habían gustado los pueblos pequeños porque tenía la sensación de que sus gentes lo juzgaban con condescendencia por ser incapaz de deducir el tiempo que haría al día siguiente solo con mirar al cielo o de adivinar qué hortalizas debían plantarse en primavera o en otoño. Él era un hombre de ciudad, siempre lo había sido. Le gustaba el ruido de fondo, ese ronroneo del tráfico, la gente y las persianas de los establecimientos al abrir de buena mañana. Y en sus ratos libres disfrutaba acudiendo al teatro o visitando algún museo, nada de quemar las tardes jugando a las cartas en una taberna hablando de fútbol o criticando a los políticos sin tener ni idea del tema.

La casa lo acogió en su silencio cuando logró entrar.

Tal como le había prometido su jefe, era un lugar pequeño y tranquilo. Las gruesas paredes pintadas de un blanco calizo protegían dos dormitorios, un agradable salón sin televisor y una cocina de azulejos rectangulares con la cenefa de unas naranjas.

Se sacó el paquete de tabaco del bolsillo de los pantalones y se encendió un cigarrillo. Fuera, la lluvia seguía cayendo con furia, como si estuviese cabreada. «Quizá tanto como Candela», pensó él. Sí, sí. Candela caería así sobre él si pudiese convertirse en agua, aunque ni siquiera sabía en qué se había equivocado y quizá eso era lo peor de todo. «Es tu actitud en general —solía decirle ella—, no tienes ambiciones, no avanzas, no te arriesgas.»

Expulsó el humo con desgana y miró alrededor.

Corría el año 1980 y su jefe había sido muy considerado al prestarle aquella casa, que heredó de una tía lejana, para que Martín pudiese terminar el último proyecto que le había encargado la editorial. La idea era sencilla: una enciclopedia botánica con plantas y flores dibujadas a lápiz y destinada a todos los públicos, nada demasiado técnico. Martín llevaba tiempo recopilando información y su única tarea durante los próximos dos meses de verano era pasarlo todo a limpio para poder entregarlo en setiembre. En teoría, era fácil, nada que no hubiese hecho antes, pero estaba descentrado y el tiempo se le echaba encima.

—Déjame ver lo que tienes —le pidió Álvaro semanas atrás.

—Es que todavía no he empezado la última versión...

—¿A estas alturas? Entregamos a imprenta a finales de verano. —Su jefe le dirigió una mirada perspicaz mientras el ajetreo de la oficina seguía su curso; la editorial, pequeña y casi desconocida, estaba lejos de ser un lugar sofisticado—. ¿Qué te está ocurriendo? ¿Tienes problemas en casa? ¿Es eso? Vamos, muchacho, puedes contármelo.

A pesar de que llevaban años trabajando juntos, nunca habían traspasado esa delgada línea que separa el compañerismo de la amistad. Y aunque hubiese sido el caso, Martín no tenía nada que decir porque ni siquiera él sabía qué le pasaba. Se sentía... inquieto, sí. Casi incómodo en su propia piel. Quizá más irritable de lo habitual.

—Será que me aturde el calor del verano en Madrid. Mire, intentaré traer los primeros capítulos dentro de unas semanas, tan solo deme algo más de tiempo.

—Tengo una idea mejor: coge tus apuntes, la máquina de escribir y las llaves de la casa que tengo en un pueblo de Valencia. La única condición es que termines a tiempo. Si te quedas aquí, poco harás estos meses con los críos de vacaciones.

Aún le sorprendía haber aceptado, pero tomó la

decisión en cuanto regresó a casa y Candela y él comenzaron a discutir por quién sabe qué. Cada vez ocurría con más frecuencia, cuando no era porque iban justos de dinero surgía algún otro problema. Y en la mente de Martín revoloteaba un pensamiento angustioso: «Nunca podré hacerla feliz». No importaba cuánto se esforzase, porque sería insuficiente. Compartían momentos buenos, claro, picos altísimos que solo provocaban que después la caída fuese más grande. A su lado, Martín se sentía un inútil, y una vocecita le gritaba que estaba defectuoso.

«Deberías aspirar a más», insistía ella. Y él entendía que quisiese un coche mejor y que los niños fuesen a un colegio más prestigioso y que pudiesen comprarse la ropa en la *boutique* más elegante del barrio y que acudiesen a ese supermercado de frutas brillantes en lugar de a la tienda de la esquina, regentada por Josefa, y que pudiesen cenar en restaurantes caros con velas titilantes y que el cielo fuese más azul y los pájaros cantasen mejor y cada día saliese el arco iris y...

«Más, más, siempre más.»

PRIMAVERA, 2018

Desde que se jubiló, pasear se había convertido en el pasatiempo favorito de Martín. Resulta que uno puede descubrir muchas cosas cuando camina sin rumbo fijo y nadie lo está esperando para comer o para que fiche al entrar al trabajo. De pronto, sus pies ya no corren para llegar a ninguna parte, y el tiempo se dilata y se expande como si fuese de goma. Nada lo distrae, así que se fija en que ha desaparecido la tienda de ultramarinos que había en la plaza de suelo adoquinado, también percibe que han pintado la iglesia de blanco hace bien poco y que debieron de renovar la campana años atrás, porque él la recordaba deslucida y pequeña; hay más semáforos, un establecimiento con el escaparate lleno de bicicletas brillantes y, al lado, una papelería que antes no existía.

Lo deja todo atrás y sigue caminando hacia las afueras del pueblo.

El aire huele a romero, al humo de la chimenea del bar y a la primavera que se abre a su alrededor sin atisbo de timidez. Inspira hondo como si desease cazar el familiar aroma y, poco después, allá a lo lejos, distingue las tejas rojizas de la casa.

«Casa.» Cuatro letras, un refugio para el alma. Él consideró que aquella lo era a pesar de no ser suya, porque allí se sintió joven y hombre y viejo, todo al mismo tiempo, como si su existencia se condensase en los meses de verano que pasaron juntos.

Ni siquiera es consciente de que camina cada vez más despacio, pero lo hace. «Puede que me siga faltando valor», piensa cuando se encuentra cerca, y se pregunta si debería dar media vuelta y largarse. Pero no lo hace. Tan solo se limita a observar la propiedad para intentar deducir si habrá cambiado de dueño. La puerta de madera está deslucida y en la terraza hay sillas y una mesa con varios botes de cristal que parecen preparados para hacer conservas.

Cerca, una enredadera trepa por el lateral y se distinguen salpicaduras de color en el camino que conduce hacia la parte trasera. Flores. Son flores. Hay pocas, eso sí, pero las suficientes para que Martín quiera llorar de felicidad, porque distingue los narcisos asomando y entonces sabe que está allí.

Él sigue vivo.

Él aún es real.

Continúa sin tener timbre, así que Martín golpea la puerta con fuerza y espera, espera, espera. Le tiemblan las rodillas. «Maldito cuerpo inútil», piensa. Los huesos y los músculos ya no son capaces de disimular las emociones como lo hacían antaño.

La puerta se abre con un molesto crujido.

—Sea lo que sea que hayas venido a venderme, no me interesa, así que no pierdas el tiempo y ve a molestar al vecino —refunfuña la voz ronca de aquel hombre delgado de piel aceitunada y ojos azules que parecen esconderse entre las arrugas de su rostro.

—Isaac...

El aludido alza la vista cuando comprende que no tiene delante a un comercial ni nada parecido, sino a alguien que lo conoce bien, quizá mejor de lo que nadie lo hizo nunca. Entonces, sus miradas se encuentran. Y dos corazones aceleran el ritmo. Una mandíbula se tensa. Unas manos adquieren rigidez. Y una puerta se cierra de golpe.

Martín tarda unos instantes en asimilar el rechazo.

«¿Y ahora qué?», se pregunta con desesperación. Ha sido rudo, pero no puede decir que esté sorprendido. Lo esperaba. Por eso se dice: «Inténtalo otra vez».

Vuelve a llamar, pero nadie responde. Sin embargo, sabe que él está ahí, es probable que ni siquiera se haya alejado de esa puerta que los separa mientras los recuerdos flotan alrededor. Isaac siempre fue el más impulsivo de los dos. Y el más visceral. Y el más tajante. Y el más transparente. Quizá por eso encajó tan bien con la tibieza de Martín.

—¡Vamos, abre la puerta! —le grita, espera y, al ver que no da resultado, opta por pellizcarle donde sabe que más le dolerá—. ¿Te has convertido en uno de esos viejos cascarrabias? Mira tú por dónde, eso sí que no me lo esperaba...

El crujido suena más brusco en esta ocasión. Isaac estira los hombros para evitar mostrarse encorvado y mira a Martín con descaro, casi desafiante. Parece que quiera decirle: «Aquí estoy, aquí me tienes, porque a diferencia de ti nunca he sido un cobarde».

—¿Qué quieres?

—Verte, es evidente.

—Ya lo has hecho, así que...

—Espera. —Martín apoya la mano huesuda en el marco de la puerta—. Sé que debería haberte avisado antes de venir, pero imaginaba que entonces no tendría ninguna oportunidad. Esto tampoco es fácil para mí después de todo este tiempo..., todo lo que...

—Treinta y ocho años —lo corta Isaac.

—¿Tanto? Pues tienes buen aspecto.

Isaac frunce el ceño en respuesta a la broma.

—¿Para qué has venido? —insiste.

Martín coge aire. Se le ocurren docenas de razones que podrían explicar que en estos momentos se encuentre delante de ese hombre. Podría decirle: «He venido porque fuiste aquello que nunca pude tener y los anhelos negados son espinas en el alma». O: «He venido porque te quise y, con los años, se empequeñecen los sueños, pero no los amores». Incluso: «He venido porque tú y yo seguimos siendo tú y yo».

Pero, en cambio, tan solo es capaz de decir:

—Me encantaría que pudiésemos... charlar.

—Charlar —repite Isaac. Y es muy curioso, pero sigue teniendo el don de imprimir en una palabra emociones complejísimas. Quizá sea el tono o el regusto amargo final, pero Martín puede distinguir una profunda decepción entre la ce y la erre.

—Sí. Estaría bien, por los viejos tiempos.

Isaac le dirige una mirada cargada de ironía.

—¿Te has planteado apuntarte a los viajes del Imserso? He oído que son baratos, y Benidorm es un destino agradable para principios de verano.

—¿A qué viene eso? —pregunta Martín.

—Porque ahí podrás encontrar a gente a la que le apetezca charlar.

Después le cierra la puerta en las narices. Y entonces sí, oye sus pasos alejándose sin detenerse. Martín se queda ahí parado, sin saber qué hacer, y al final decide que no importa, no, no importa, tiene tiempo. Tras toda una vida, ¿qué suponen unos cuantos días más? Así que toma aire y se gira. Entonces vuelve a fijarse en los narcisos, se acerca con paso renqueante y arranca una de las flores.

«Chúpate esa, Isaac. Una pequeña venganza.»

Luego, se marcha sin dejar de sonreír.

VERANO, 1980

En los cuatro días que llevaba viviendo en aquella casita de pueblo, Martín había avanzado en el proyecto más que durante las últimas semanas en la ciudad. No le costó establecer una rutina: se levantaba al amanecer, preparaba una cafetera y empezaba a clasificar la información que tenía agrupándola por temas. Después separaba las páginas que pretendía pasar a limpio antes del anochecer y, para ello, se acomodaba en la terraza interior. Era un lugar húmedo y lleno de vegetación que había crecido a sus anchas durante las últimas décadas hasta apoderarse de las paredes. Desde allí, el teléfono apenas se oía porque estaba en la otra punta de la casa, en el salón, pero Candela acostumbraba a llamar a última hora de la tarde. No se decían

Nerium Oleander
- Calma el dolor de muelas
- Es antiparasitaria
Baladre
Remolacha
Romero
Salvia Rosmarinus
- Alivia el dolor y la inflamación
- Es antiséptico
Beta Vulgaris
- Antioxidante
- Sube la tensión
- Es antiparasitaria
- Plantas Medicinales II -

gran cosa, aunque a Martín le apaciguaba oír su voz y hablar un rato con los críos antes de que perdiesen el interés y terminasen pasándole el aparato de nuevo a su madre, que no tardaba en despedirse.

Pero la buena racha se truncó aquella mañana.

Martín estaba escribiendo a máquina con un cigarrillo entre los labios, sentado frente a la mesa redonda que había sacado a la terraza. Los papeles desperdigados lo ocupaban todo mientras él tecleaba con ahínco. Tenía la esperanza de que el día fuese aún más productivo que los anteriores; así, quizá, podría disponer de más tiempo para los bocetos que debía dibujar y que había decidido dejar para el final.

Y entonces ocurrió: la ceniza se desprendió del cigarro y cayó sobre los apuntes que había debajo. Martín maldijo entre dientes y apartó los restos con la mano, pero lo único que consiguió fue derramar con el codo el café caliente que se había preparado cinco minutos antes. El líquido oscuro cubrió los papeles.

—¡Mierda! ¡No, no, no! ¡Joder!

Intentó salvarlos, pero no hubo nada que hacer.

Probó a frotarlos con delicadeza e incluso tendió unos cuantos con pinzas como si fuesen bragas y calzoncillos, pero cuando el sol los secó no quedaron letras que rescatar. Llegados a ese punto, Martín decidió que no podía permitirse el lujo de llamar a su jefe para contarle lo que había ocurrido después de todo lo que había hecho por él. Total, si solo era un capítulo. Uno de los importantes, sí, pero nada especialmente complicado: «Plantas medicinales».

Así que esa tarde se dirigió a la única floristería del pueblo.

Lo recibió una señora de mejillas rosadas y sonrisa fácil. Estaba preparando un ramo encima del mostrador con margaritas, crisantemos malvas y ranúnculos.

—Buenas tardes. Verá, quizá le parezca algo raro, pero me ha surgido un contratiempo y estoy buscando a alguien que tenga conocimientos sobre plantas medicinales. Pensé que quizá usted sabría algo. Es para una enciclopedia.

—Así que eres el escritor —contestó ella.

—Imagino que sí. —Martín se mordió la lengua para evitar quejarse sobre las habladurías, puesto que solo se lo había dicho a la chica del ultramarinos cuando insistió en preguntarle por qué había ido a parar a aquel pueblo perdido entre las montañas.

—Lamento decirte que no es algo sobre lo que entienda demasiado. Pero conozco a la persona indicada, seguro que él podrá echarte una mano. Es un joven encantador de aquí del pueblo, el mismo que me trae flores frescas cada mañana.

—Perfecto. Se lo agradezco de veras.

Martín salió del establecimiento con unas indicaciones escritas en un papel. Montó en el Ford y condujo hacia allí sin dificultad, no solo porque la lluvia parecía haberse disipado del todo tras su llegada, sino porque era fácil familiarizarse con un pueblo que tan solo tenía dos calles principales en las que se desarrollaba toda la vida social y una plaza; el resto eran viviendas adheridas alrededor como un anillo tras otro.

La casa estaba a las afueras, apartada de las demás. Una cerca de madera delimitaba la propiedad rodeada por un monte lleno de pinos. Martín pensó que era uno de esos lugares con personalidad, no como el piso que Candela y él se habían comprado en Madrid unos años atrás y cuya decoración era exactamente igual que la del resto del edificio, con vajillas que nunca se usaban en vitrinas, el suelo con un estampado horrible y pequeños electrodomésticos que cogían polvo en algún armario, como esa sandwichera que les regalaron en su boda o el exprimidor de naranjas.

Avanzó por el camino, salpicado de macetas, y llamó a la puerta al no encontrar ningún timbre. Nadie respondió. Probó una segunda vez con la misma suerte. Una motocicleta estaba aparcada en la entrada y se oían golpes secos y rítmicos, así que Martín se tomó la confianza de rodear la casa para llegar hasta la parte de atrás.

Y allí estaba él, con una azada en la mano.

Levantó la vista y frunció el ceño al verlo.

—¿Quién eres y qué haces aquí?

—Busco a Isaac, me dio su...

—¿Para qué me buscas?

No tenía unos modales exquisitos, eso desde luego. Martín suspiró e intentó mostrarse paciente porque le convenía, pero no le gustó el gesto hosco de aquel hombre. Parecía más joven que él, quizá tres o cuatro años, tenía la piel dorada por el sol y el cabello cobrizo y alborotado. En su cuello colgaba una cadena fina de oro con una cruz que contrastaba con su escasa amabilidad. Se apoyó en el palo de madera de la azada.

—Me llamo Martín Gómez y necesito ayuda con un tema relacionado con las plantas medicinales. Estoy aquí de paso, me hospedo en la casa de un amigo. Verás, estoy escribiendo una enciclopedia, pero esta mañana mientras trabajaba derramé el café, y la mitad de los apuntes quedaron inservibles y..., bueno... —Tragó saliva al enfrentarse a la mirada imperturbable del otro—. Te agradecería un poco de ayuda.

—Así que no tienes ni idea de lo que haces.

—¿Cómo dices?

—Sobre lo que escribes.

—Algo sé. No mucho.

—¿Y por qué te lo encargan a ti?

—Pregúntaselo a mi jefe —bromeó, pero Isaac no se rio—. Llevo varios proyectos al año, no puedo almacenar tantos datos. Además, tengo una memoria pésima. Y, si te soy sincero, sospecho que me contratan porque dibujar se me da bien.

—¿Dibujas las plantas?

—Sí, eso intento. Por lo que sé, tú las cultivas.

Isaac se giró como si de pronto fuese consciente de que tras él se extendía una parcela inmensa repleta de color. Parecía uno de esos jardines secretos que salen en los cuentos clásicos de hadas, había cierto salvajismo, pero también delicadeza en cada rincón. Daban ganas de abrir un buen libro, sentarse en el banco de piedra que descansaba bajo uno de los frondosos árboles y quedarse ahí para siempre disfrutando de la vida contemplativa y de la compañía de las letras.

—Así que Pilar te ha dicho que te ayudaría.

—Si te refieres a la florista, entonces sí.

—Qué altruista por mi parte, ¿no crees?

Martín se quedó callado unos segundos para intentar dar con la respuesta adecuada. Sopesó sus opciones, que no eran muchas, y tomó una decisión:

—Podría pagarte algo. No demasiado. No tengo gran cosa.

—De modo que no eres uno de esos chicos de

ciudad que conduce un Mercedes, esquía en Navidades y va al apartamento de la playa en las vacaciones de verano.

Martín parpadeó confuso y su buen humor empezó a disiparse. Se consideraba un hombre paciente, pero aquel tipo estaba cruzando el límite. Al principio, se había mostrado hosco y gruñón, pero después fue incluso peor, porque parecía que se divertía a su costa, y la idea de convertirse en un chiste le resultaba violenta.

—¿Te estás burlando de mí?

—No. Solo te ponía a prueba.

—¿Y he sacado buena nota?

—La suficiente para decirte que me llamo Isaac, que puedo ayudarte y que no, no te cobraré. Aunque tampoco rechazaré una botella de vino cuando terminemos.

Tras soltar el aire que había estado conteniendo, se acercó y le estrechó la mano con decisión. Isaac lo miró a los ojos. Luego, una sonrisa juguetona se adueñó de sus labios y, sin razón aparente, Martín se estremeció al verla.

Esa fue la primera e inequívoca señal.

PRIMAVERA, 2018

Al día siguiente, Martín se presenta otra vez delante de la puerta de la casa de Isaac. Tras el primer intento fallido sabe que lo más probable es que tenga que enfrentarse a otro rechazo, pero, si hay esperanza, por escasa que sea, piensa agarrarse a ella porque tiene la garganta llena de palabras atascadas y necesita dejarlas ir, regalárselas a él.

Casi le sorprende que le abra la puerta.

A Martín vuelve a impresionarle su aspecto, porque durante todos esos años ha permanecido congelado en su memoria aquel chico descarado de veintinueve años que tenía una sonrisa cautivadora y, de algún modo retorcido, esperaba encontrarse con él. Pero no está. Se ha ido. La juventud siempre se va. El hombre que le devuelve la mirada tiene más aristas, más recovecos, más astillas que uno podría clavarse si pasase sobre su alma la punta del dedo. Aunque también quedan restos de lo que fue: su actitud osada y sin medias tintas, la costumbre de hablar casi murmurando o esa forma suya de mirarlo, como si intentase atravesar la ropa y la piel y las costillas, y llegar más y más abajo.

—¿Piensas venir cada mañana? —gruñe.

—Es el plan, sí. No tengo nada mejor que hacer.

Isaac se rinde, se aparta de la puerta y masculla:

—Límpiate los zapatos antes de entrar. Llevas barro.

Obedece y usa el felpudo mientras intenta esconder una sonrisa. Cuando acepta la invitación y mira alrededor, Martín tiene la sensación de encontrarse dentro de una gruta que permanece igual pese al paso del tiempo: los mismos muebles oscuros, la vitrina llena de fósiles y libros al fondo del salón, los cuadros con motivos florales vistiendo las paredes y ese extraño equilibrio entre el orden y el caos que solo Isaac sabe mantener.

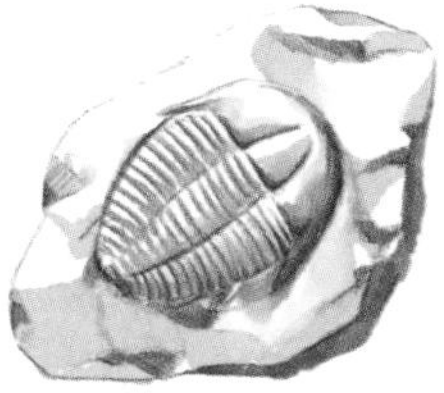

—Veo que no te ha dado por renovar la decoración.

—¿Café? —pregunta Isaac—. Está recién hecho.

—Vale. —Martín lo sigue hasta la cocina haciendo un esfuerzo por cohesionar la imagen de su recuerdo con el hombre taciturno que tiene delante. Lo reconoce en ese ceño fruncido que afloraba con facilidad, en el carácter explosivo y en los movimientos firmes de sus manos cuando sirve el líquido caliente en tazas antiguas.

—¿Sigues tomándolo con dos de azúcar?

—Mejor una. Riesgo de diabetes. O eso dice mi médico —explica con fingida jovialidad en un intento desesperado por disipar la tensión que los envuelve.

—Bah. Los médicos de hoy en día no le permiten a uno ni respirar.

Le da su taza y regresan al salón. Se sientan. El sofá es nuevo, eso sí, aunque a Martín le parece más incómodo. Se miran, se observan, se analizan el uno al otro. El silencio está lejos de parecerse al que compartían aquel verano, porque ese era plácido y fácil y ligero como el algodón; en cambio, ahora pesa toneladas. Da la sensación de que el techo de la casa se agrietará de un momento a otro por culpa de la presión.

Alza la vista hacia las vigas de madera.

—Pues aquí estamos —dice Martín.

—¿Cuánto tiempo te quedarás?

—Todavía no lo sé.

—Improvisar nunca fue lo tuyo.

—Quizá sea hora de intentarlo.

Lo dice en serio. Martín ha vivido en la retaguardia; sí, se defendía cuando lo atacaban por detrás, pero nunca se ha planteado de verdad salir al frente y correr más riesgos de los necesarios. Hasta ahora. Una de las cosas buenas que le ha traído la vejez es que ha dejado de tener miedo. Y, cuando eso ocurre, todo se ve más claro.

—He oído que te quedas en el hostal. Ten cuidado, hubo dos robos hace unos meses. Forzaron la puerta. Ya no puede uno estar tranquilo en ninguna parte, ni siquiera en un pueblo como este. Los tiempos han cambiado.

—Tampoco tendrían nada que robarme.

—Te recordaba más materialista.

—He tenido casi cuarenta años para pulir algunos defectos —contesta sin apartar la mirada—. Además, me atrevería a decir que tú también has cambiado.

—¿Y quién no? —Isaac se levanta y se aleja hacia la cocina.

Él no tarda en seguirlo, deja la taza vacía en el fregadero, y los dos permanecen en silencio delante del ventanal que da a la parte trasera de la casa. Ahora, el jardín que antaño gozaba de un esplendor mágico es tan solo un reflejo borroso de aquella época. Quedan enredaderas y rosales, pero está casi vacío. La imagen podría definir la desolación.

—¿Estás jubilado? —le pregunta Martín.

—Sí. Me cansé de ir de aquí para allá. Y de las flores. De las flores también.

—Jamás pensé que eso ocurriría.

—La vida está llena de jamases perdidos.

Martín piensa que es imposible olvidar los lugares en los que se ha sido feliz; quizá porque somos animales y buscamos una madriguera propia para guarecernos del dolor y de los problemas o, sencillamente, porque es fácil idealizar todo aquello que envuelve al amor: una ciudad, unos ojos, una época, una canción, un aroma...

—No volví a ver otro jardín más perfecto —insiste.

—No era perfecto, Martín. Los recuerdos son disfraces.

—Lo era porque cada planta iba a su aire y crecía salvaje y en libertad. No soporto esos jardines de setos recortados y figuras geométricas, pierde toda la gracia.

—Daba demasiado trabajo. —Isaac se encoge de hombros.

Entonces a Martín se le ocurre una idea. Puede que sea ridícula e infantiloide, pero le serviría para asegurarse un poco más de tiempo. Y es todo lo que necesita: tiempo.

—Podría ayudarte ahí fuera como lo hacíamos antaño.

—¿Estás de broma? —Le dirige una mirada ceñuda—. Dudo que ahora mismo seas capaz de levantar una pala, y, aunque fuese el caso, ¿con qué propósito?

—No me subestimes. Mírame, estoy en plena forma.

Isaac niega con la cabeza, pero una sonrisa comienza a tirar de sus labios. Se cruza de brazos como si intentase protegerse del hombre que tiene delante ladrillo a ladrillo y con una capa generosa de cemento, no vaya a ser que queden fisuras.

—No sé qué sentido tendría hacerlo, Martín.

—¿Acaso eso te ha importado alguna vez? ¿No eras tú el que siempre hablaba de dejarse llevar por el primer impulso y desoír todo lo que llegaba después?

—No creo que sea buena idea tenerte por aquí.

—Está bien. Lo entiendo. —Martín alza las cejas y aprieta los labios para no reírse, porque quiere sonar convincente. Si el orgullo sigue siendo una de las debilidades de Isaac, lo tiene en la palma de la mano—. Entiendo que te sea difícil lidiar con los sentimientos. Ya sabes eso que dicen, donde hubo fuego siempre quedan ascuas, ¿o eran brasas? Lo que sea, en cualquier caso, creo que el concepto está claro...

—No digas tonterías. Mañana. A las nueve. No llegues tarde.

VERANO, 1980

Isaac tan solo puso una condición a cambio de ayudarlo y era poder leer la enciclopedia cuando estuviese terminada. Martín pensó que la suerte no podría sonreírle más: ¿quién mejor que un experto en el tema para darle un repaso al proyecto antes de entregarlo? Así que no dudó en aceptar y, al día siguiente, apareció cargado con los documentos y el maletín donde guardaba la pesada máquina de escribir. Lo dejó todo en la mesa del salón y, mientras Isaac preparaba café, curioseó la decoración antigua de la casa y las estanterías. Había una vitrina llena de libros polvorientos y de fósiles.

—¿Los has encontrado tú? —preguntó.

—Sí. Hay bastantes por la zona, solo es cuestión

de tener ganas de caminar y mantener los ojos bien abiertos. —Isaac giró la llave que abría una de las vitrinas—. Este caracol es casi perfecto. Toma, cógelo. No muerde, chico de ciudad.

—Te agradecería que me llamases Martín.

—Si me lo pides con tanta pomposidad...

Martín contempló unos instantes el fósil antes de volver a colocarlo en su sitio y de aproximarse hasta la mesa donde Isaac había dejado la cafetera. Después de lo que le había ocurrido el día anterior, sintió el impulso de pedirle que no acercase tanto aquel líquido oscuro del demonio a sus preciados apuntes, pero se contuvo al ver que se sentaba, y ocupó la silla que quedaba libre a su lado. Esperó mientras servía las tazas.

—¿Lo de las flores da para vivir?

—No. —Isaac suspiró—. Pero este jardín fue de mi madre y, antes, de mi abuela. Es casi una tradición familiar, así que lo mantengo y, de paso, saco cuatro pesetas. En realidad, en el pueblo me conocen como «el chico para todo», puedo reparar o hacer casi cualquier cosa. Pintar, limpiar los tejados, arreglar coches, hacer recados...

—Espero no quitarte mucho tiempo.

—Tranquilo, en verano siempre me tomo un par de semanas libres a menos que surja algo importante. —Sacó una cajetilla de tabaco—. ¿Fumas?

—Sí, gracias.

—¿Por dónde empezamos?

—Tengo listos los cuatro primeros temas sin los dibujos. Puedes leerlos, si quieres. Ahora me tocaría seguir con el de las plantas medicinales —le comentó Martín antes de abrir la carpeta en la que había separado lo que ya estaba pasado a limpio; al hacerlo, algunas fotografías de dudosa calidad se desparramaron por la mesa.

Isaac cogió una de ellas y expulsó el humo.

—¿Son para hacer los dibujos?

—Sí. No conozco todas las plantas.

—Varias de estas las cultivo en el jardín. —Con el cigarro encendido entre sus labios, miró el resto de las instantáneas—. Podrías dibujarlas teniéndolas delante.

—¿En serio? Eso sería... estimulante.

Isaac le sonrió entre las volutas de humo.

—Me encanta esa palabra. «Estimulante.»

Viviendo en la ciudad, Martín nunca se había planteado aquella posibilidad, pero ¿cómo no iba a resultarle tentadora la idea de sentarse al aire libre con el cuaderno en las manos y capturar las flores que se agitaban por el viento? Después ya tendría tiempo para perfeccionar los detalles al trazar la versión definitiva. Al fin y al cabo, aquella era la parte más gratificante del trabajo, cuando sus dedos deslizaban el lápiz con deliciosa lentitud sobre el papel en blanco y su mente se vaciaba de problemas y anhelos, de reproches y presiones, de inquietudes y preocupaciones.

—No quiero abusar de tu generosidad.

—Puedes estar tranquilo. Invierto en el jardín casi todo mi tiempo libre, no me molesta tenerte por ahí rondando, siempre y cuando mires por dónde pisas. Algunos bulbos aún no han florecido y pueden confundirse con malas hierbas.

—De acuerdo.

—Déjame estas primeras páginas y les iré echando un vistazo. Puedes traerme el resto conforme avances. Y ahora termínate ese café de una vez por todas, vamos a hacer una ruta rápida por el monte para coger algunas plantas medicinales.

Su amistad se estableció así: Isaac llevaba las riendas, y Martín se dejaba arrastrar con aparente docilidad. No fue porque careciese de criterio propio, sino porque desde el principio le fascinó aquel joven de mirada límpida y piel bronceada. Envidiaba su seguridad al caminar, los gestos decididos, que nunca titubease o que tuviese una respuesta para todo. Le daba la impresión de estar delante de una de esas personas «hechas a sí mismas», algo que a él le resultaba lejano, casi una incógnita.

«Eres como una ortiga —le dijo Martín un día—. Es imposible pasar por tu lado y rozarte sin salir malherido.» Isaac no le contestó, tan solo se echó a reír como si en lugar de ser una crítica le pareciese un cumplido.

Aquel primer día juntos, recorrieron el monte que se extendía tras la casa e Isaac tuvo que frenar varias veces para esperarlo mientras Martín avanzaba a trompicones con la respiración entrecortada;

no estaba acostumbrado a subir pendientes y esquivar plantas punzantes y a quitarse cada dos por tres el zapato porque se le había metido una piedra. Para más inri, al otro le divertía su nula soltura en medio de la naturaleza.

—El romero es diurético y antiinflamatorio. —Pararon en un claro e Isaac arrancó un tallo para acercárselo a la nariz—. Toma, huélelo.

—Sé lo que es el romero —se quejó Martín.

—Qué sorpresa. —Isaac sonrió burlón y cortó otra rama—. El tomillo es antiséptico y relajante, también digestivo y expectorante. Incluso se usa para las migrañas.

—¿Quién necesita una farmacia cerca teniendo tomillo?

Isaac ignoró el comentario de forma deliberada y rebuscó tras unos hierbajos hasta dar con una planta pequeñita que crecía entre las agujas secas de pino.

—Esta es la uña de gato. Rehidratante y cicatrizante. Va bien para las llagas de la boca y tiene propiedades antiinflamatorias. Nos llevaremos un poco.

Buscaron algunas especies más antes de regresar. Hacía un calor sofocante y a Martín le rugía el estómago cuando entraron en la casa y empezó a recoger sus cosas.

—Hay una olla llena de alubias y patatas en la cocina. Puedes quedarte a comer, si quieres. O llevarte un poco en una cazuela. Lo que prefieras.

—¿También se te da bien cocinar?

—Qué remedio.

—¿Siempre has vivido aquí solo?

—¿Vas a querer ese plato sí o no?

—Vale, probaré un poco —aceptó, y luego apartó de la mesa los apuntes que había dejado allí horas atrás—. Pero no has respondido a mi pregunta.

—Mi padre nos abandonó cuando conoció a otra mujer, y mi madre y mi abuela murieron poco después. Soy hijo único, de modo que sí, vivo solo desde hace tiempo. Pero me las apaño bien. No echo en falta la compañía, por si es lo que estás pensando.

Comieron en silencio. Isaac tenía una radio en el salón, pero le comentó que apenas la encendía porque el ruido del mundo exterior lo distraía y, además, no le interesaba; prefería los sonidos del campo: el zumbar de las abejas, el canto pausado de los pajarillos, el murmullo del viento o el estridular de las cigarras.

Al terminar, Isaac fregó los platos, y él se ofreció a ir secándolos con un paño. La luz candente del mediodía se colaba a través de la mosquitera y parecía detenerse en el puente de la nariz de Isaac y, luego, un poco más abajo hasta columpiarse en la curva de esa boca engreída. Había algo perezoso en el ambiente. Martín pensó entonces que la escena se le antojaba familiar, como si ya hubiese estado allí antes. Esa sensación, que le resultó incómoda, lo persiguió durante el resto del verano. Podría haberse alejado de Isaac en cuanto obtuvo lo que buscaba, pero no lo hizo. Y, después, la pregunta que se alzó en su cabeza como una pompa de jabón escurridiza fue: «¿Qué esperabas encontrar, Martín?, ¿lo que necesitabas sobre las plantas medicinales o las partes de ti mismo que dejaste olvidadas por el camino mientras te obligabas a no mirar atrás?».

PRIMAVERA, 2018

—Las tenazas están oxidadas.

—Mmm. —Isaac murmura por lo bajo y después continúa a lo suyo como si no lo hubiese oído. Está concentrado observando las hojas de un rosal; quizá comprobando si tienen araña roja, o ignorándolo a propósito, algo que parece más probable.

—Presbiacusia —dice Martín.

Isaac alza la cabeza en un gesto involuntario.

—¿Qué demonios significa eso?

—Es la pérdida progresiva de la capacidad para oír por culpa de la edad. Se debe al deterioro natural que se produce en el sistema auditivo. He pensado que explicaría que no me respondas —dice burlón. Sabe que eso lo sacará de quicio.

Los pequeños ojos de Isaac se entornan y, pese a la flacidez de la carne, su expresión es dura. Pero no dice nada. Es un pozo hondo, hondísimo, y el pasado está ahí abajo, húmedo y oscuro, contenido para que no salga sin avisar.

—Supongo que hay cosas que no cambian, porque sigues hablando como un estirado. Si las tenazas están tan oxidadas como nosotros, puede que sea una señal y el mundo nos esté diciendo que esto es una estupidez —refunfuña Isaac. Después entra en el cobertizo y sale con una herramienta más pequeña—. Toma, prueba con estas a ver si te van mejor. Y empieza por las ramas de arriba.

—Claro, jefe. —Martín sonríe.

El otro se limita a negar con la cabeza. El tiempo avanza bajo el sol tímido de primavera. Martín lleva un sombrero de paja un poco ridículo mientras poda un rosal de pitiminí. Isaac se ha calzado las botas de trabajo que llevaban meses al fondo del armario y arranca malas hierbas que se han apoderado del jardín. Es de una evidencia fascinante que disfruta cada vez que una raíz sale de cuajo desprendiendo virutas de tierra; cualquiera que pasase por allí podría adivinar sin necesidad de conocerlo que en cada tirón se esconde enfado, decepción y reproches que llevan silenciados durante décadas.

VERANO, 1980

El calor era intenso, pero a Isaac no parecía importarle mientras trabajaba en el jardín. Martín, refugiado bajo una frondosa mimosa, lo observaba con atención: llevaba unos pantalones marrones que le venían un poco anchos, una camisa vieja y tirantes; el sudor le resbalaba por las sienes y no usaba guantes, a pesar de tener las manos llenas de cortes y durezas. Cuando se alejó hacia una zona pequeña en la que cultivaba tomates, fresas y lechugas, Martín apartó la vista e intentó concentrarse en lo que tenía delante.

Deslizó el lápiz con suavidad para trazar los tallos alargados que bailaban ante sus ojos por culpa del viento. Eran de un morado pálido que le daba un aspecto lánguido. En su cuaderno, bajo el dibujo, escribió el nombre: «*Lavandula dentata*», conocida popularmente como alhucema rizada o cantueso, de la familia de las lamiáceas.

—¿Te quedas a comer? —La proposición lo sacó de su ensimismamiento y alzó la vista hacia Isaac, que lo miraba mientras se sacudía la tierra de los pantalones.

—No sé si debería, se ha hecho tarde.

—Vas a comer igual, ¿no?

Martín se sintió un poco estúpido.

—Supongo que sí.

Entraron en la casa por la puerta de atrás. La sopa de cebolla ya estaba preparada y el aroma intenso flotaba alrededor. Isaac se lavó las manos en la pila de la cocina antes de echar en la sartén aceite y añadir después unos filetes de carne.

—¿Muy hecha? —le preguntó.

—Al punto. —Martín cogió un par de vasos y fue a poner la mesa porque, cuando el silencio abría un hueco entre ellos, necesitaba hacer algo. Todavía no acertaba a adivinar a qué se debía esa inquietud—. ¿A qué hora te levantas cada día?

—A las cinco.

—¿Por qué tan pronto?

—Me gusta que el día sea largo y no soporto quedarme despierto en la cama. Al alba es fácil perder el tiempo dándoles demasiadas vueltas a las cosas.

Martín deseó indagar más sobre esas cosas en las que Isaac prefería no pensar. La imagen de él tumbado entre las sábanas blancas y arrugadas mientras el sol despuntaba se coló en su cabeza como lo haría un gusano en una fruta madura. Tragó saliva.

—¿Y quién te enseñó a cocinar?

—Haces muchas preguntas para ser alguien que habla tan poco de su propia vida. Pero, si tanto te interesa, eso fue cosa de mi abuela María. Decía que los hombres que se sientan a la mesa como reyes sin tener ni idea de lo que van a comerse son tan estúpidos que cualquiera podría envenenarlos sin que se diesen cuenta. Creo que fue su peculiar manera de convencerme para que entrase en la cocina.

—¿Y tu madre?

—Lo intentaba, pero nunca tuvo mano. —Le dio la vuelta a la carne—. Ella era más dada a vivir en las nubes o a perderse en un buen libro.

—¿Tú también eres lector?

—Diez páginas antes de dormir, ni una más ni una menos.

—¿Por qué?

—¿Por qué no?

—¿Y si te apetece leer más?

—No me gusta perder horas de sueño. Tengo muchas cosas que hacer durante el día: cuidar del jardín y del huerto, arreglar los desperfectos de los vecinos del pueblo, cocinar, asear la casa y ayudar a chicos torpes de ciudad que apenas saben nada sobre lo que deben escribir. Es una jornada bastante completa.

Muy a su pesar, Martín sonrió y luego suspiró.

—Ya te lo dije, me ocupo de varios proyectos a lo largo del año. El último trabajo que entregué era sobre astronomía. Y antes hice uno sobre peces.

—¿Peces?

—Peces, sí.

—Te pagan bien, ¿no?

—¿Qué te hace pensar eso?

—Nunca había conocido a un escritor, pero suena como algo distinguido.

—No soy un escritor de verdad. Quiero decir..., no el tipo de escritor al que tú te refieres, de esos que triunfan en Nueva York y beben champán con sus editores para celebrar los triunfos. Y, además, lo que me gusta es dibujar, por eso siempre me encargan libros ilustrados.

—¿Y nunca has querido escribir una novela?

—No, la vida real ya me parece demasiado enrevesada como para tener que ocuparme de imaginarme otras. —Martín cogió los platos—. La mesa está puesta.

Comieron sumidos en un silencio apacible. Y fue extraño porque entre las cucharadas de la sopa de cebolla pareció colarse una indescriptible sensación de paz que apaciguó su inquietud. Martín se preguntó si la comida que le calentaba las entrañas era la razón por la que, de pronto, se sentía menos solo en el mundo. Y recordó su teoría de los archipiélagos: las personas son islas y a veces algunas están muy próximas entre sí, con un origen geológico común, pero por mucho que se arrimen nunca llegan a tocarse. El anhelo de compañía crece mientras permanecen ancladas en medio del mar, cerca pero lejos, cada una con sus propios restos de naufragios y mareas.

Le hubiese gustado compartir esa idea con Isaac, pero temió que pensase que era raro. A veces, él también lo pensaba. Se sentía como una especie desconocida, de esas que habitan en las profundidades del océano a la espera de que un científico las encuentre y les ponga un nombre estrafalario como *chauliodus danae* o algo por el estilo.

—¿Por qué me miras así? —preguntó Isaac.

—No te miro de ninguna manera —mintió.

Luego, Martín siguió comiendo con la vista clavada en el plato. Quizá la opuesta manera en la que cada uno gestionaba sus emociones era aquello en lo que menos se parecían; dos engranajes de ruedas dentadas de diferente tamaño que no encajaban.

Isaac no soportaba ver ningún nudo y lo deshacía rápidamente: no temía enfrentarse a lo que fuese a encontrar. Vomitaba hacia fuera sin prestar atención a las salpicaduras. Creía que los forúnculos debían abrirse y drenarse cuanto antes para dejar salir el pus antes de ocuparse debidamente del cicatrizado. Y cuando respiraba lo hacía desde el pecho, a pleno pulmón, cogiendo todo el aire que era capaz de abarcar.

Martín estaba tan acostumbrado a vivir entre ideas enredadas que le resultaba imposible ver el principio y el final de todos aquellos hilos enmarañados que parecía coleccionar. Y tragaba. Tragaba, tragaba. Todo hacia dentro. Todo guardado tras cerraduras cuyas llaves había perdido. Estaba tan colmado que apenas podía respirar, y el aire entraba por una rendija palpitante que amenazaba con cerrarse.

Tras terminar de comer, fregaron los platos e Isaac le dijo:

—Anoche revisé el primer capítulo y tan solo anoté un par de aclaraciones. —Se secó las manos en un trapo de cocina—. Mañana tengo que salir a primera hora de la mañana para repartir flores. Ya sabes, el fin de semana la gente va a cenar o se acercan al autocine y les da por regalar rosas rojas como si el mundo se acabase.

—No lo había pensado...

—El ser humano es predecible, Martín.

Y hubo algo en el tono candente de su voz que

lo perturbó. ¿Qué fue exactamente? ¿Su manera lenta de pronunciar la eme o la lengua al golpear contra el paladar cuando dejó caer la última sílaba como si se desprendiese de un peso muerto?

Mar-tín, como si su nombre le perteneciese.

Mar-tín, como si escarbase en su cerebro.

Mar-tín, como si él le dejara entrar.

PRIMAVERA, 2018

Han terminado la jornada y se sientan a descansar en las dos sillas de madera que hay en la parte trasera. El sol se despide del día dejando paso a un viento fresco. Martín bebe gaseosa, pero Isaac tiene una cerveza en una mano y un cigarrillo en la otra.

—No debería sorprenderme que aún no lo hayas dejado. Tú y tu manera de ver el mundo, como si fueses un gato y tuvieses siete vidas.

Isaac da una calada larga y expulsa el humo.

—De algo hay que morirse.

—Ha pasado demasiado rápido. La vida, quiero decir. Tantas cosas que uno va dejando para «mañana» y, al final, llega ese día y ya es tarde.

—Depende de para qué —responde Isaac.

Martín no está seguro de si sus palabras esconden un doble significado, pero decide aferrarse a esa esperanza. Las burbujas de la gaseosa explotan en su boca cuando da un trago, luego respira profundamente como no recordaba haber hecho en los últimos meses y mira alrededor. Sí, ha podado dos rosales de pitiminí, e Isaac se ha desquitado con las malas hierbas como si les acabase de declarar la guerra, pero aún queda tanto trabajo por hacer que alberga serias dudas de que vayan a conseguirlo. Aunque nunca lo reconocería en voz alta. Igual que se calla que el brazo le tiembla cada vez que levanta el refresco, que está agotado después de la jornada y que sospecha que esa noche dormirá como un niño. De manera que puede que jamás logren que aquel lugar que ahora observan florezca de nuevo, pero ¿qué importa la meta cuando el camino es tan gratificante?

VERANO, 1980

Martín se levantó temprano, preparó una cafetera grande y se propuso trabajar durante el resto del día refugiado en la terraza interior de aquella casa prestada. Avanzó con el capítulo de las plantas medicinales y luego desenvolvió con cuidado los tallos secos que había guardado en servilletas. No necesitaría mucho más para concluirlo. Tan solo se levantó a comer cuando su estómago protestó con insistencia casi a las cuatro de la tarde, y lo único que encontró en la nevera fue un trozo duro de queso que mezcló con la lata de sardinas que guardaba en la despensa. Le supo a poco después de los festines de deliciosa comida que se había dado durante toda aquella semana gracias a Isaac.

Al día siguiente, desayunó con la mirada clavada en las cenefas de naranjas que rodeaban la cocina. Indeciso, tamborileó con los dedos sobre la mesa. Isaac había dicho que el sábado tenía trabajo repartiendo flores, una manera sutil de sugerirle que no se acercase por allí, pero no estaba seguro de si se extendía también al domingo.

Así que quizá lo más sensato era no molestarlo.

O eso se dijo hasta las doce del mediodía, cuando, aburrido y abrumado por el calor de aquella jornada, decidió hacer algo impulsivo para variar. Tras coger una botella de vino de su jefe que se prometió reponer, pasó por el bar que había al final de la calle y pidió dos bocadillos de tortilla con pimientos asados. El camarero, que mordisqueaba un palillo entre los dientes, le dirigió una mirada tan desconfiada como la primera vez que apareció por allí bajo aquella tormenta de principios de junio.

—¡Marchando dos bocadillos para el escritor! —gritó.

Martín se hubiese cortado un dedo con tal de que todos dejasen de llamarlo así. Imaginaba que se había convertido en la comidilla del pueblo porque, siendo sinceros, pocas cosas más interesantes ocurrirían por allí. Quizá un embarazo no deseado de vez en cuando, una infidelidad entre vecinos o alguna pelea esporádica...

El hombre apoyó el codo en la barra y lo miró fijamente.

—¿Y qué escribes? ¿Noveluchas de vaqueros?

—No. Una enciclopedia botánica.

—Ah, es verdad. He oído que el hijo de la Bernarda te estaba echando una mano. Un buen tipo, sí, aunque es mejor no tocarle las narices —dijo el camarero, y, como ocurría con la mayoría de los habitantes del pueblo, no hizo falta que Martín se esforzase en indagar para que siguiese hablando—. A uno le cambian los golpes de la vida, ¿sabes? Fue una pena lo de esa familia. Deja que te diga que la Bernarda era una gran mujer, no se merecía a ese tipo que tuvo como marido. A mi modo de verlo, fue una bendición que él la abandonase, pero, claro, nadie imaginaba que ella moriría de la pena.

—¿Morir de pena? —Martín, escéptico, alzó una ceja.

—Dicho de forma elegante. En realidad, se

colgó de un árbol. La encontró el chico unas horas después. Debió de ser duro, porque estaban muy unidos... —Pensativo, movió el palillo con la lengua—. Siempre sacaba a bailar a su madre en las fiestas del pueblo. Lo recuerdo porque mi mujer se quejaba de que nuestro hijo no lo hacía, y yo le decía: «Pero, Lola, por lo que más quieras, déjalo tranquilo, que suficiente tiene con no ponerse a babear cada vez que lo mira la chiquilla que le gusta».

—¡Ramón, los bocadillos están listos!

El hombre suspiró, entró en la cocina del establecimiento y salió poco después. Relató distraído alguna anécdota más sobre un vecino que se había disparado en el dedo gordo del pie con la escopeta, pero Martín ya estaba lejos, dándole vueltas a la trágica historia de la Bernarda. Se despidió tras pagar la comida y se marchó.

Una vez que hubo aparcado delante de la propiedad, intentó descubrir si había alguien más en el interior, porque no quería ser un incordio o aparecer en un mal momento, pero allí tan solo estaba la Vespino de Isaac y no se oía ni un alma alrededor.

De hecho, nadie respondió a los tres golpes que dio en la puerta y, al final, rodeó la casa.

Encontró a Isaac tumbado bajo la mimosa. Tenía los brazos estirados y la vista clavada en el cielo mientras mordisqueaba un tallo de anís.

—¿Interrumpo algo? —preguntó vacilante.

Isaac se llevó una mano a la frente para protegerse del sol y mirarlo desde abajo. Después, se incorporó y escupió un trozo de ramita.

—Depende, ¿qué es eso que traes ahí?

—Bocadillos recién hechos y vino.

—Entonces estoy libre. —Sonrió.

Martín entró en la casa para coger servilletas y abrir la botella. Luego se dejó caer junto a Isaac sobre los brotes de hierba donde crecían campanillas lilas y unas flores amarillas que parecían botones diminutos. Isaac ignoró los vasos que él había sacado y bebió directamente de la botella, así que Martín terminó imitándolo.

—Por lo que veo, me echabas de menos. —Isaac curvó los labios con aire burlón y a Martín le incomodó su actitud atrevida, no porque pareciese estar divirtiéndose a su costa como aquellos primeros días, sino porque envidió esa seguridad que él solo podría llegar a poseer de una manera fingida—. No te esperaba hoy.

—Si te molesto puedo irme.

—¡Estaba bromeando! —Le dio un codazo y le pasó la botella—. No deberías tomarte la vida tan en serio, Martín. Terminará por aplastarte.

—¿Aplastarme?

—Eso he dicho.

Martín le dio un buen mordisco al bocadillo y masticó con parsimonia. El calor era intenso y la humedad de Levante se asentaba en cada rincón. Las ramas frondosas que los cobijaban a la sombra oscilaban con cierta languidez. Reinaba en el ambiente esa pereza típica del verano: el zumbar de las abejas era más lento e incluso los insectos parecía que intentaban huir de las altas temperaturas, la tierra estaba seca a pesar de recibir agua a diario y la intensa luz del día lo obligaba a uno a entornar los ojos.

—¿Y qué hay de ti? Vives aquí solo, te pasas el día trabajando... —Lo miró con curiosidad—. ¿Cuál es el objetivo? Quiero decir, ¿qué esperas lograr?

Isaac había terminado de comer, así que le dio

Abejas mariposas avispas escarabajos y hormigas entre los insectos polinizadores mas importantes de la península
Ala anterior
Pata delantera
Ojo simple
Antenas
Ojo compuesto
Ala posterior
Tórax
Cestillo de polen
pata media
Abdomen
Pata trasera
Las abejas llevan en la Tierra más de 30 millones de años
Miel cruda
Los apicultores locales protegen y crían de manera sostenible a las abejas
Propiedades antisépticas antibacterianas y antioxidantes

un trago a la botella y se tumbó boca arriba llevándose las manos al estómago como un gato satisfecho.

—Hombre, seguir vivo mañana estaría bien.

—¿Y ya está? —Martín imitó su postura.

—¿Te parece poco? La gente de ciudad siempre buscáis cosas grandilocuentes como si no tuvieseis eso mismo delante de las narices. Fíjate, tienes buena salud, no estás muerto de hambre y te gusta tu trabajo, ¿qué más quieres? Date por satisfecho.

La voz de Candela resonó en su cabeza: «Eres un conformista, Martín, un conformista. No tienes aspiraciones, no luchas, no ves más allá».

Después, Martín perdió la noción del tiempo. No supo si en algún momento se quedó dormido o a medio camino entre el delirio por culpa del calor y la ensoñación propia de la hora de la siesta. A su lado, la luz del sol se reflejaba en la botella vacía de vino creando un efecto iridiscente. Y un poco más allá, con una mano tras la nuca, Isaac se fumaba un cigarrillo sin dejar de mirar las nubes que sobrevolaban el cielo azul.

—No sabía si despertarte —dijo sin mirarlo.

—Ahora vuelvo. —Martín se excusó para ir al

servicio y, delante del espejo ovalado y con un ribete antiguo, se refrescó la cara. Se sentía un poco atontado por culpa del vino, ya que no solía beber y, cuando lo hacía, lo mezclaba con gaseosa para que durase más y le afectase menos. Apoyó las manos a ambos lados del lavabo. El reflejo que le devolvía la mirada se parecía a él, pero con el pelo alborotado, la marca de la hierba en la mejilla derecha y los primeros botones de la camisa desabrochados.

Al salir, vio su cuaderno de dibujo sobre el aparador y lo cogió.

Isaac estuvo observándolo con curiosidad mientras dibujaba tumbado en la hierba, a su lado. Empezó trazando los pétalos finísimos de las campanillas lilas que los rodeaban y luego las líneas se volvieron más retorcidas y sinuosas cuando plasmó las raíces del árbol bajo el que se resguardaban del calor.

—¿Qué sientes ahora mismo?

—¿Qué tipo de pregunta es esa? —Martín lo miró de reojo y luego continuó recreando el tronco grueso con sus nudos y recovecos.

Isaac se encendió un cigarro y clavó el codo en

la hierba sin apartar los ojos del otro como si buscase descifrar un enigma. La mirada de Martín oscilaba entre el árbol y el cuaderno de dibujo. Formaban un triángulo óptico. Los triángulos son puntiagudos.

—Quería saber qué sientes cuando dibujas.

—Mmm. —Martín tragó saliva—. Libertad.

—¿Cómo aprendiste a hacerlo?

—Práctica. —Se encogió de hombros—. Me gustaba desde que era un niño y tuve épocas mejores y peores, pero nunca abandoné la afición. Como tú con las plantas, quizá. Me viene de fábrica. Todos merecemos nacer con algún don, por pequeño que sea.

Isaac apagó el cigarrillo y se movió hasta que su cabeza estuvo junto a la de Martín, con el viento tórrido alborotándoles el pelo. Los dos tumbados boca abajo parecían colegiales compartiendo unos apuntes. O un secreto. O un momento íntimo.

—¿Es cierto lo que dicen sobre lo difícil que resulta dibujar las manos?

—Sí —contestó, y empezó a trazar las hojas diminutas de la mimosa.

—¿Por qué? —Isaac observó con atención su propia mano.

—Por múltiples razones. Las manos son muy expresivas, así que tienen que ir en consonancia con el resto del cuerpo. Además, poseen mucha movilidad y una estructura compleja, con más de veintisiete huesos. Y a eso añádele la proporción de cada dedo.

—¿Podrías dibujar la mía?

Martín pasó la página para dar con una en blanco y después se fijó en los dedos que presionaban las briznas de hierba. Isaac tenía unas manos poco elegantes, rudas, con pequeñas cicatrices que decían que no se dedicaba al trabajo de oficina. De hecho, le hizo gracia la idea de imaginárselo vestido de traje y dentro de un cubículo; sería todo un espectáculo verlo desenvolverse en aquel ambiente, aunque seguro que con la labia que tenía terminaba encandilando al portero, a los de secretaría y a los comerciales.

Deslizó el lápiz con suavidad. Plasmó el contorno, la falange y la curva del pulgar. Las líneas de la mano de Isaac parecían tener ángulos y salientes imposibles.

—Relaja la mano —le pidió.

—Ya lo hago. Estoy relajado.

Volvió a intentarlo con frustración.

—No es verdad. Espera. —Martín se colocó el lápiz tras la oreja y tocó la mano de Isaac, que descansaba sobre la hierba—. Así, flexiona los nudillos. No te muevas.

Ajeno al cambio de ritmo en la respiración de Isaac, volvió a concentrarse. Los pájaros cantaban alrededor con indolencia y las ondas de calor bailaban a lo lejos. Martín recordaba que un compañero de universidad le había explicado aquel fenómeno años atrás: «Es debido a la refracción de la luz, como cuando metes una pajita en un vaso de agua, lo miras lateralmente y parece que la pajita esté doblada. Pues lo mismo ocurre con el aire caliente y el aire frío, el primero es más denso y la luz se curva de uno a otro».

Cuando el compañero lo miró satisfecho, a Martín le hubiese encantado responder: «Lo siento, sigo sin entenderlo», pero sus inseguridades lo empujaron a esforzarse por mantener el orgullo intacto, así que se limitó a asentir con la cabeza y a aprendérselo de memoria como consuelo. Siempre se le había dado mal todo lo que tenía que ver con la ciencia: era el tipo de persona que no comprendía cómo era posible que un barco de varias toneladas flotase sobre el agua o que los aviones volasen. A menudo le angustiaba pensar que, si viajase al pasado en una máquina del tiempo, sería incapaz de inventar la electricidad, la radio, el televisor, la penicilina o cualquier otro avance de los que usaba a diario, aunque tuviese un manual de instrucciones en el bolsillo de los pantalones.

—Mis uñas no son tan perfectas —puntualizó Isaac.

—Un arreglo de la casa. —Martín sonrió y dio unos últimos toques de sombra con el lápiz, aunque le hubiese encantado tener sus acuarelas cerca.

Al girar la cara para ver la expresión de Isaac, descubrió un brillo inusual en sus ojos, pero se dio cuenta de que no estaba contemplando el dibujo, ni siquiera parecía interesarle. Lo miraba a él. Lo miraba a él de una forma abierta y cándida, como un niño sin secretos delante del escaparate de una tienda de juguetes. Y, antes de que pudiese romper el silencio y preguntarle en qué estaba pensando,

Isaac se inclinó y Martín sintió aquellos labios cubriendo su boca en un beso que le supo a verano y fue casi etéreo, como si la realidad y la ficción se entremezclasen por culpa del sofocante calor.

Y luego, de golpe, todo volvió a su lugar con el peso de la confusión y la cólera. Se apartó bruscamente, cogió el cuaderno y se levantó.

—¿En qué narices estás pensando?

Nunca supo si Isaac tenía intención de contestar, porque no le dio la oportunidad de hacerlo antes de alejarse de allí dando largas zancadas. Entró en el coche, que se había convertido en un cubículo candente de metal; el cinturón quemaba, el asiento también y el volante lo desafiaba como diciéndole: «Atrévete a tocarme». Martín pensó que arriesgarse a hacerlo era mejor que quedarse en aquel lugar, así que arrancó el Ford y bajó la ventanilla girando la manivela con rabia. Se sentía... enfadado. No, no era eso. Indignado. Profundamente indignado por culpa de ese beso inesperado y de los segundos, uno, dos, tres, cuatro, en los que él había permanecido inmóvil.

El teléfono estaba sonando cuando llegó a casa.

Descolgó con las llaves todavía en la mano. Peor: con el corazón aún en la garganta. Y la voz de Candela llenó los vacíos casi de forma instantánea.

—¿Dónde te habías metido? Te he llamado tres veces.

—Estaba fuera. ¿Ha ocurrido algo?

—Mi prima, que quiere saber si asistiremos a su boda con los niños o si iremos solos. ¿Puedes hablar con tus padres para ver si se quedan con ellos esa noche?

—¿Qué boda?

—Martín, ¿acaso no me escuchas? Te lo dije hace meses: Conchi se casa a mediados de setiembre. Ya he encargado el vestido y tú deberías haber hecho lo mismo, veremos a ver cómo te queda el traje después de tanto tiempo sin usarlo... —Chasqueó la lengua antes de continuar hablando sobre el lugar donde iba a celebrarse el banquete, del novio de su prima, que por lo visto era médico y todo un partido, y una larga retahíla de datos inconexos que él no memorizó—. Martín, ¿sigues ahí?

—Sí, sí. Perdona. ¿Decías?

—¿Te encuentras bien?

—¿Yo? ¡Claro! ¡Mejor que nunca! —Su voz sonó aflautada, como si no le perteneciese—. Estoy cansado, eso es todo. Voy a darme una ducha.

—¿Hablarás mañana con tus padres?

—Sí. ¿Qué tal están los críos?

—Inagotables, como siempre.

Martín sonrió de forma involuntaria. Los imaginó corriendo por el pasillo, chinchándose el uno al otro durante todo el día y sacando de quicio a Candela, que tenía la mecha corta a la hora de aguantar niñerías. Se dio cuenta entonces de lo mucho que los echaba de menos: no la idea de lidiar con ellos cada vez que peleaban, desde luego, sino los momentos de calma que conseguía arañar al final del día, como cuando de madrugada se levantaba a beber agua y pasaba por su dormitorio para verlos dormir plácidamente, o el día que recibía uno de esos abrazos inesperados que ablandaban el corazón.

CORRE, MARTÍN, CORRE

Martín sueña con un campo amarillento de maíz. Corre, corre desesperado entre las espigas que se alzan orgullosas y se le clavan en la piel. Tiene casi cuarenta años. Cincuenta. Y luego más de setenta. Da igual, es el mismo; más gordo, más viejo, más débil, más cobarde. Eso no es lo que importa. El campo sí. El lugar también. La promesa que une el pasado y el presente. Todos deberíamos vivir un momento en el que tomamos conciencia sobre la fragilidad de la existencia, y este es el suyo. De pronto, lo sabe. Sabe que algún día morirá. Las espigas dejan de doler, cae al suelo boca arriba y contempla el cielo. Lo que duele es algo mucho más profundo, pero hay esperanza, sí que la hay. A cambio, cuando se marche, no habrá resistencia ni quejas, tan solo una gratitud infinita.

PRIMAVERA, 2018

Martín contempla absorto, casi con fascinación, la gota roja y brillante que pende de la punta de su dedo tras pincharse con el rosal que estaba podando. De joven, la sangre le daba asco. Ahora piensa: «Sí, esto es lo que soy, sangre y agua, carne y huesos». Uno se marcha de este mundo y no deja nada tras de sí más allá de un puñado de polvo y algunos recuerdos que con el tiempo terminan perdiendo color hasta desaparecer.

—¿Te has hecho daño?

Isaac aparece a su lado.

—No ha sido nada. Es normal, ¿no crees? Que la pobre se defienda como pueda con sus espinas. —Mira una de las rosas—. Todos lo hacemos a nuestra manera.

—¿Demencia senil?

Los labios de Martín se fruncen para reprimir una sonrisa. Siempre le gustó el sentido del humor de Isaac: incorrecto, ágil y directo. A él, en cambio, nunca se le dio bien lo de hacer bromas, ni siquiera cuando era un niño. En ocasiones, sobre todo durante la adolescencia, se esforzaba por ser gracioso cuando salía con amigos del instituto para ir al cine Ideal, en la calle del Doctor Cortezo, o a merendar por el barrio. Sus intentos eran, cuando menos, patéticos. Al final prefirió conformarse con ser el típico joven que pasaba desapercibido y que poseía una normalidad anodina.

—Estaba pensando en las defensas...

—¿Descansamos y me lo cuentas?

—Me parece bien.

Se aleja del rosal y va al cuarto de baño para lavarse las manos mientras el otro trastea en la cocina. Recuerda haberse mirado en aquel espejo muchos años atrás, el día que Isaac lo besó por primera vez bajo la sombra de la mimosa. Guarda ese instante a buen recaudo en su memoria, temeroso de perderlo. Durante largo tiempo lo asoció a la culpa, a algo sucio, a la traición, pero hace años que se transformó en otra cosa diferente: una amalgama de inocencia, pureza y descubrimiento.

Resulta curiosa la mutabilidad de los recuerdos, lo fácil que es para la mente humana alterarlos desde su concepción inicial hasta darles la forma deseada, como si estuviesen hechos de plastilina y pudiesen amoldarse con los dedos.

El cambio en el reflejo lo aturde durante unos instantes.

Martín tiene el pelo blanquecino, la piel flácida, los labios más finos, pequeñas venitas y manchas que danzan por su rostro formando un mapa antiguo de carreteras secundarias, y unos ojos que se asemejan a dos pasas bajo unos párpados que cada día le pesan más y caen como persianas rotas y llenas de polvo.

«Pero soy el mismo. Me siento el mismo», piensa.

—¿Qué hacías ahí dentro? —protesta Isaac antes de encaminarse hacia la terraza trasera y dejar sobre la mesa un poco de queso y jamón—. ¿Gaseosa?

—Gracias, sí. —Se sientan cerca, y Martín lo observa cortar un par de pedazos de pan. Luego dice—: Pues eso, que le daba vueltas al arte de la defensa. He pensado mucho en las rosas y sus espinas, en los gatos y sus uñas, en las avispas y sus aguijones...

—¿Alguna conclusión?

—Que los humanos deberíamos llegar al mundo con una cualidad física que sirviese para protegernos. Pero como no es así, como nacemos desnudos, sin dientes, débiles e incapaces de sobrevivir solos, terminamos buscando nuestras propias defensas a posteriori. Y casi siempre las encontramos en la cabeza. Por eso no somos predecibles como las rosas, los gatos o las avispas.

—Ya.

—Defensas emocionales.

—Coge queso, Martín.

Suspira, pero obedece y come en silencio. Es agradable estar allí, más por la compañía que por el lugar. Hace años que siente que no respira bien, que tiene los pulmones llenos de serrín, y es evidente que no está en su mejor momento físico, pero por un instante, solo uno, nota que la frescura de la juventud se le arraiga en el alma como si lo sostuviesen los restos del hombre que fue aquel verano. «Es un regalo —se dice—, un regalo que debo abrir despacio y con cuidado, no vaya a ser que se rompa.»

Gira la cabeza hacia Isaac y contempla su perfil recto, las arrugas que navegan su áspero rostro y su cabello impasible al paso del tiempo. Siempre ha asociado el color de su piel al Mediterráneo, a la fruta a punto de madurar y al sol de Valencia.

—¿Recuerdas el día que me besaste?

Isaac alza la mirada con sorpresa y desconfianza.

—Claro. No solo el beso, también que saliste corriendo. Supongo que era una señal, la culpa fue mía por no haberlo visto venir.

—Estás siendo injusto y lo sabes.

Un suspiro escapa de los labios de Isaac.

—Calla y sigue comiendo.

EL OTRO AMOR

Candela y él se conocieron delante del despacho del profesor Aurelio Ferrer. La puerta llevaba cerrada más de media hora, y Martín empezaba a impacientarse cuando la vio llegar. Era tarde y los pasillos de la universidad estaban semivacíos, así que al oír sus pasos levantó la cabeza de manera inconsciente. Volvió a bajarla. Después la alzó de nuevo. Tuvo la extraña sensación de necesitar mirarla otra vez para fijarse en ella, como si en la primera ocasión no hubiese logrado captar bien su imagen.

«Es guapa», eso fue lo que pensó el Martín de veintiún años. Candela llevaba el cabello castaño oscuro recogido en una coleta baja y un poco de carmín en los labios, y una expresión resuelta cruzaba su rostro anunciando que no era una de esas jóvenes que se sonrojan con facilidad o tienden a tartamudear, sino alguien que tenía el control.

Muchos años más tarde, Martín reflexionaría sobre por qué siempre terminaba sintiéndose atraído por personas seguras, audaces y valientes. En una ocasión, durante el paseo de regreso a casa tras salir del trabajo, contempló la trifulca entre dos pajaritos que, bajo la mesa de una terraza cualquiera de Madrid, luchaban por los restos de comida que habían caído al suelo. Uno de ellos, el más gordo y fuerte, engullía sin cesar y, si el otro se acercaba demasiado, le daba picotazos. Al final, sin embargo, cuando tan solo quedaban dos miguitas de pan, le permitió al enclenque pajarillo comerse una. Y luego alzaron juntos el vuelo para descansar en una cornisa.

Martín pensó que el débil podría haber tomado otro camino para distanciarse del más dominante, pero entonces, como una revelación, comprendió que de forma retorcida ambos se necesitaban. Igual que los parásitos, una relación establecida entre dos organismos en el que uno vive a costa del otro. O puede que adoptando el mutualismo como forma de vida, algo que en una ocasión debatió con Isaac.

Pero, aquel día, cuando vio llegar a Candela, aún no le preocupaba que su corazón tuviese tendencia a buscar en los demás sus propias carencias.

Se sintió profundamente atraído por ella.

Como la sacculina a los cangrejos.

Como las termitas a los árboles.

Como los ácaros a la piel.

Como la pulga al animal.

Ella se quedó a su lado, pero, en lugar de recostarse en la pared con cierta dejadez como él hacía, permaneció de pie con la espalda recta, los hombros alineados y ese aire elegante y soberbio que parecía desprender sin esfuerzo.

Martín quiso decir algo. Abrió la boca. La cerró. La abrió de nuevo. La cerró. Se le daba igual de mal flirtear con las chicas que bromear con sus compañeros. Su hermano mayor solía echárselo en cara después de que eligiese matricularse en Filosofía y Letras: «Tantas palabrejas que estudias y luego pareces un bobalicón cuando tienes que usarlas».

Así que fue ella la que habló:

—¿Llevas mucho esperando?

—Más de media hora, sí. —Inspiró hondo para llenarse los pulmones de aire y de valor—. ¿También estás aquí para la revisión del examen?

—No. Vengo a ver a mi padre.

—Ah. —Notó que empezaba a trabarse—. Así que el profesor... —Carraspeó para aclararse la garganta—. El profesor Ferrer es tu... tu...

—Padre. —Ella le sonrió como si fuese tonto.

—Mira qué casualidad.

«Eres idiota, Martín», se dijo cuando un silencio prolongado se instaló en mitad del pasillo. Sus dedos aferraban el examen que sostenía en la mano derecha y, con el rabillo del ojo, vio que ella empezaba a caminar de un lado a otro con impaciencia. A veces, lo miraba de reojo. Se preguntaba qué vería. A un pardillo. Un tipo incapaz de decir más de dos frases seguidas sin que la lengua le jugase una mala pasada.

—¿Y has visto antes entrar a alguien?

—¿Qué? —La miró—. Pues... no.

—¿Has probado a llamar?

—No. —Tragó saliva.

Ella puso los ojos en blanco, se acercó a la puerta y dio unos golpecitos antes de girar el pomo. A su lado, Martín se asomó lo suficiente como para comprobar que, en efecto, no había nadie dentro a excepción del severo profesor con sus características gafas de montura dorada colgando de la punta de la bulbosa nariz.

La chica entró y cerró a su espalda.

Martín aún estaba insultándose mentalmente cuando ella salió. Entonces, en lugar de mirarlo con desdén o burla, lo hizo con aire divertido.

—Todo tuyo. —Y le guiñó un ojo.

—Gracias —logró contestar.

—Candela.

—¿Qué?

—Me llamo Candela.

—Yo, Martín.

—Nos vemos.

Y desapareció pasillo abajo. Él se quedó contemplándola con admiración hasta que recordó por qué estaba allí y tomó aire antes de entrar.

No volvió a verla hasta casi medio año más tarde.

Fue cuando asistió junto con dos compañeros de la universidad a una tertulia sobre Miguel de Unamuno que el profesor Ferrer presidía. Era en una librería pequeña en la que apenas cabían todos los asistentes entre estanterías irregulares y laberínticas. Martín se quedó al fondo porque le angustiaban los espacios cerrados y llenos, aunque la idea era que el profesor pudiese verlo y tuviese en cuenta su interés para la evaluación final.

La tertulia acababa de comenzar cuando se fijó en la chica que lo miraba fijamente como si él fuese el protagonista de la jornada. La reconoció de inmediato. Un lazo negro de terciopelo coronaba su cabeza y le daba un aire infantil que contrastaba con su sonrisa sagaz. Parecía muy aburrida, como si la hubiesen obligado a ir en contra de su voluntad, una suposición de lo más acertada que Martín pronto descubriría.

Él tenía las manos metidas en los bolsillos mientras ella se acercaba. Notó que su corazón cambiaba de ritmo y que las voces de los tertulianos bajaban varios tonos.

—¿Qué estás haciendo aquí?

—Es evidente. Intento subir nota.

—Bah, eso no ocurrirá —contestó ella en susurros, y se acercó a él hasta que sus brazos se rozaron—. Mi padre no soporta que le hagan la pelota.

—¿En serio? —Martín frunció el ceño, porque llevaba todo el año intentando complacer los deseos de aquel profesor con la esperanza de aprobar.

—Sí. Venga, escapémonos juntos.

—¿Qué?

—Nadie se dará cuenta.

—Pero...

Candela le cogió la mano con decisión y tiró de él hacia la puerta que tenían a la espalda. Sus pies se resistieron al principio, puede que confusos y dubitativos, pero finalmente siguieron los pasos de la joven y abandonaron la librería. Caminaron sin rumbo por las calles hasta que ella paró delante del cristal de una cafetería.

—¿Me invitas a un helado?

—Yo... Claro.

Ocuparon una mesa del fondo. Y comieron. Y se miraron. Y hablaron. En realidad, ella lo hizo por los dos y él la escuchó con suma atención. Puede que Martín no supiese llevar la iniciativa, pero podía conseguir que alguien se sintiese cómodo. No competía por tener la palabra, no era una de esas personas que responden a una anécdota con otra como si jugasen al «yo más»; debido a su actitud distante y templada, daba la sensación de que no pretendía impresionarla.

Por eso, Candela terminaría por enamorarse de él.

Y aquella tarde, cuando salieron de la cafetería y se encaminaron a la librería, ella se puso de puntillas al parar delante de un semáforo en rojo y lo besó en los labios. Martín sintió que el suelo a sus pies se volvía arcilloso y lo engullía, pero, pasados unos segundos de desconcierto, le rodeó la cintura con delicadeza para acercarla a su cuerpo y aquel beso suave se volvió más profundo.

Entonces él aún no tenía ni idea de que dos años más tarde terminaría casándose con aquella chica cuando ella se quedase embarazada de Sergio. Tampoco sabía que se comprarían un piso cerca de sus suegros, que debido a su generosidad económica siempre serían un tercer pilar en su matrimonio. O que el amor que sentía por Candela se apagaría y se encendería de manera intermitente durante toda su vida, como un faro que empezaba a parpadear con fuerza cada vez que él estaba a punto de provocar un naufragio.

Ay, los naufragios. Qué melancolía. Qué misterio. Qué necesarios cuando el barco está viejo y llora y sufre. Qué inevitables cuando llega una tormenta imprevista.

VERANO, 1980

—¡Joder, joder, joder!

Movido por un instinto de lo más estúpido, Martín intentó taponar la fuga con la mano, pero el agua continuaba encontrando la manera de escurrirse entre los dedos que se aferraban a la tubería. La soltó. El chorro de agua volvió a darle de lleno en la cara, y se alejó de allí sacudiéndose la camisa, que estaba empapada. Como pronto lo estaría toda la cocina. Cerró los ojos, tomó aire para calmarse y luego buscó las llaves.

Se dirigió a paso rápido hacia el bar del final de la calle.

Eran las diez de la noche de un sábado caluroso y, tras una frustrante jornada de trabajo, no se le había ocurrido nada mejor que solucionar «el problemilla» del grifo de la cocina. Estaba un poco suelto; es decir, que cada vez que lo giraba para llenar un vaso de agua tenía que sujetarlo para no llevárselo por delante. Y era un incordio, claro. Así que, venga, ¿por qué no arreglarlo?, ¿por qué no convertirse de la noche a la mañana en «un manitas» de esos que visten camisas de franela de cuadros y salen en las series extranjeras de televisión? Con esa brillante idea zumbando en su cabeza como un insecto travieso, abrió el mueble que había bajo la pila, ese que estaba lleno de productos de limpieza, e inspeccionó con aire analítico, como si fuese todo un experto, la tubería que conectaba con el grifo. «Es fácil, el tornillo está un poco suelto, solo tengo que ajustarlo mejor», se dijo. Tardó casi lo mismo en encontrar una pequeña caja de herramientas en el trastero que en dar con una llave que encajase con esa medida.

Y entonces giró, giró, giró...

En la dirección equivocada.

¡Plof! El primer estallido de agua fue brusco e inesperado, una tuerca salió despedida quién sabe adónde (Martín había intentado encontrarla sin éxito), la cocina comenzó a inundarse y su mente se bloqueó de golpe, así que casi consideraba un milagro haber sido capaz de llegar al bar en busca de auxilio.

—Necesito ayuda —dijo atropelladamente.

Ramón alzó una ceja y lo miró suspicaz.

—¿Qué demonios te ha ocurrido?

—El agua... La pila... Una tubería... —Tragó saliva—. Mira, ¿sabes algo sobre fontanería? Tú o cualquiera que conozcas. Necesito que alguien venga a mi casa urgentemente, así que si pudieses facilitarme un teléfono...

—¿Por qué no llamas a tu amigo?

Con la camisa mojada, Martín resopló. No quería ni imaginar las pintas que llevaría con los mechones húmedos de cabello escurriéndose por su frente como algas y las ojeras que lo acompañaban desde varios días atrás porque no lograba dormir bien. Lo último que deseaba en aquellos momentos era tener que pedirle un favor a Isaac. De hecho, ni siquiera estaba seguro de si acudiría en caso de que lo llamase. No había vuelto a verlo desde lo ocurrido una semana atrás. El beso. Ese beso imprevisto, extraño y cálido que lo había atormentado desde entonces. Era una fuga diferente, no como la que tenía en su cocina, sino más tormentosa: gota a gota, sin pausa.

—¿No hay otro fontanero en el pueblo?

Ramón lo miró con recelo y se encendió un cigarro con parsimonia. Después le dio una calada larga antes de apoyar las manos sobre la barra oscura de madera.

—¿Qué problema tienes con el hijo de la Bernarda?

—No, ninguno, pero...

—Santiago también se ocupa de estos asuntos, pero te puedo asegurar que los sábados por la noche no suele rescatar a forasteros en apuros. Además, fijo que tiene partida de cartas en el bar de la plaza.

Imaginó la cocina de su jefe inundándose como el Titanic poco antes de hundirse en las profundidades. Maldita suerte la suya. Maldita suerte.

—Está bien. ¿Podrías llamar a Isaac?

—Sí. —Lo señaló—. Y me debes una.

—Claro. Dile que lo espero en la casa.

Se fue corriendo mientras el otro descolgaba el teléfono. Al llegar, descubrió que la situación no era tan catastrófica como había previsto, pero el suelo estaba encharcado. Cogió la fregona y el cubo, e intentó arreglar sin mucho éxito aquel estropicio.

No tardaron en llamar a la puerta.

Martín respiró hondo y abrió con un tirón brusco. Pensó: «Será como quitar una tirita, cuanto más rápido se haga, menos escuece».

Isaac le dirigió una mirada ceñuda.

—Gracias por venir... —Martín tenía un nudo en la garganta cuando se apartó para dejarlo entrar—. Siento las horas, pero como verás era una emergencia.

—¿Sigue saliendo agua? —Pasó a la cocina.

—Sí. No he conseguido encontrar la tuerca...

—¿Y no se te ha ocurrido cerrar la llave?

Martín quiso darse de cabezazos contra la pared. Pasar por alto algo tan ridículamente evidente era propio de él, claro. Sintió que le ardían las mejillas, no solo por quedar como un idiota, sino también porque la presencia de Isaac le resultaba perturbadora. Era una inquietud enigmática, porque tenía en la mano la bobina con todos los hilos enmarañados y sentía el peso y el tacto, pero todavía no había encontrado el valor suficiente como para tirar de la punta y averiguar la razón del desasosiego.

—No pienso bien bajo presión.

—No hace falta que lo jures —gruñó Isaac antes de ir a cerrar la llave del agua. Luego, ignorando la presencia de Martín, se arrodilló debajo de la pila y chasqueó la lengua—. ¿En qué momento decidiste que era una buena idea meter las manos aquí?

—El grifo... se movía.

Isaac suspiró, buscó en su caja de herramientas hasta que dio con lo que necesitaba y después cogió una llave. Tras él, Martín observó con atención el movimiento de su hombro derecho cada vez que completaba una vuelta. La camisa que vestía se ajustaba a su espalda como una segunda piel y revelaba la curva de los omóplatos y de la columna vertebral, la tensión que palpitaba en los músculos o el camino que se iba estrechando hasta llegar a su cintura. Martín pensó que jamás se había fijado tanto en la anatomía de un hombre. Ni siquiera en la propia, que, sin duda, poseía unas formas más blandas.

Apartó la vista de Isaac cuando terminó.

—Esto ya está. —Se giró, guardó la llave y cerró la pequeña caja antes de ponerse en pie. Luego, sin mirarlo siquiera, se encaminó hacia la puerta.

—Oye, espera. —Martín se sacó la cartera del bolsillo de los pantalones—. Dime cuánto te debo. —Cogió un fajo de billetes que el otro rechazó con la mano.

—No quiero nada. Buenas noches.

OTOÑO, 1992

—¿En qué mides tu vida?

La pregunta se la había hecho una anciana en pleno centro de Madrid que decía poder leer las líneas de la mano. A Martín le incomodó de inmediato porque, en esencia, era lo que siempre le ocurría cuando algo se escapaba de su cabeza cuadriculada. Y él siempre había sido eso, un cuadrado; su gracia consiste en que todos los lados son iguales, los ángulos y los vértices están ahí para que uno pueda pasar la punta del dedo por encima y reconocerlos sin sorpresas. Así que, cuando una de las líneas empieza a alargarse hasta deformarse, todo se desmorona sin remedio. Por eso, Martín procuró ignorar a la anciana, pero esta no se dio por vencida y lo siguió entre los transeúntes.

—Oiga, lo siento, pero tengo un poco de prisa...

—Entonces ya has respondido a la pregunta.

Ante su mirada de desconcierto, la mujer dejó de abordarlo. Y las tornas giraron. Cualquier otro día él hubiese continuado su camino, pero una chispa se encendió en su cabeza. Ya había sentido algo similar cuando conoció a un joven de mirada lapislázuli que vivía rodeado por un jardín mágico. El recuerdo lo hizo frenar. Sus pies se anclaron al suelo empedrado de la plaza Mayor.

Fue tras ella, que se giró al descubrirlo. Tenía el rostro arrugado como el acordeón que sonaba varios metros más allá, y sus ojos parecían cubiertos por una bruma espesa.

—Espere. ¿Necesita dinero? ¿Es eso?

Martín se puso a rebuscar unas monedas.

—No quiero nada. Buenas tardes.

Las palabras se le clavaron en el pecho con tanta fuerza como el día que Isaac las pronunció antes de salir por la puerta sin volver la vista atrás.

—¿Entonces...? —Vaciló.

—Solo te había hecho una pregunta.

—¿En qué mido mi vida? Pues como todos lo

hacen, ¿no cree? En minutos y horas y días y semanas y meses y años y décadas...

Martín se sobresaltó cuando la anciana cogió su mano y la giró con delicadeza. Le recordó a su abuela, aunque hacía tantos años que había fallecido que él ya no era capaz de concebir la dulzura de su rostro, pero aquello no tenía nada que ver con el parecido físico, sino con algo más íntimo, más profundo: la manera de tocarlo. Los dedos temblorosos se deslizaron por las líneas de su mano y se detuvieron unos segundos en el anillo de casado, como si le sorprendiese encontrarlo allí.

—¿Quién te dijo que la vida solo puede medirse en tiempo? Hay personas que la miden por los éxitos que logran, los kilómetros que recorren o el amor que acumulan. Tú deberías haberte quitado este reloj hace mucho tiempo. —Golpeó con la punta del dedo la esfera que relucía en su muñeca, allí donde las manecillas atrapadas se movían a un ritmo que Martín conocía bien—. Los besos. Deberías haber medido tu vida en besos.

Él la miró con simpatía y lanzó un suspiro.

—¿Eso es lo que lee en mi mano?

—Oh, no. En tu mano veo una línea larga que tendrías que haber cortado hace años y también otra mucho más corta que no se merecía un final tan abrupto. —Lo soltó y lo miró una última vez—. Que pases un buen día.

Martín se quedó allí paralizado hasta que la perdió de vista bajo el sol otoñal de la tarde. Contempló su propia mano ajeno a la gente que pasaba de largo a su alrededor: era más gruesa tras los kilos que había ganado durante aquel año, tenía la piel seca y, en efecto, dos líneas se cruzaban a pesar de su diferente longitud.

VERANO, 1980

Había recorrido el corto trayecto con las ventanillas bajadas, pero, aun así, el calor dentro del coche era asfixiante. No salió de inmediato porque en la radio sonaba una canción de Bob Dylan titulada *Blowin' in the Wind* que le encantaba. Había escuchado miles de veces el álbum *Finjan Club 1962*. En una ocasión, un traductor que trabajaba para la editorial le comentó que la letra decía: «Cuántos años pueden vivir algunos antes de que se les permita ser libres. Cuántas veces puede un hombre girar la cabeza y fingir que simplemente no lo ha visto. La respuesta, amigo mío, está flotando en el viento». A Martín, lejos de parecerle esperanzadora, le resultaba terriblemente triste.

La canción terminó. Él contempló la casa que se alzaba delante durante un largo minuto antes de encontrar el valor suficiente para bajar del coche. El tejado rojo reflejaba el sol de la tarde de aquel domingo. Martín se había pasado la noche anterior recogiendo los restos de agua con la fregona y sopesando la situación: podría dejarlo estar. Claro que sí. Podría continuar con su vida sin más contratiempos, buscar ayuda para el libro en otra parte, quizá regresar a Madrid antes de lo previsto, y hasta entonces limitarse a dibujar las flores mirando las fotografías que tenía entre el material de documentación.

Pero había algo, una especie de anzuelo afilado, que lo había atrapado y tiraba de él hasta aquel lugar. No, no era solo un lugar. Era un hombre. Isaac.

Esa mañana, sentado en la fría terraza interior donde el sol siempre intentaba colarse en vano, había estado mirando una de las instantáneas. En el centro destacaba una amapola. Martín las había visto creciendo salvajes en el jardín de Isaac y recordó lo bien que se sintió durante aquellas efímeras semanas de amistad en las que podía tumbarse sobre la hierba sin pensar en nada, sin ser la versión de él que todos conocían, y sostener con firmeza el lápiz en la mano hasta llegar a poseerlo. También echaba de menos la confortable cocina que siempre olía a algún plato sencillo y ese sofá en el que uno podía hundirse con placidez. Pero, sobre todo, lo fácil que era conversar con él o, en la misma medida, permanecer en silencio. Martín no sentía que tuviese que impresionarlo. Dentro de aquellas paredes, tenía la embriagadora sensación de que tan solo debía «ser».

No se molestó en llamar a la puerta porque sabía que estaría en la parte trasera. Sus pasos eran largos y enérgicos, como si algo lo impulsase a avanzar.

Lo encontró abrigado por el verdor del jardín.

La sorpresa que se reflejó en los ojos de Isaac se extinguió tan rápido como había aparecido. Martín tomó aire cuando llegó a su altura, apenas a un metro de distancia.

—Estoy casado. Y tengo dos hijos.

Isaac frunció el ceño con lentitud.

—Nunca dijiste nada.

—¿No? —Con cierta consternación, Martín se pasó una mano por el mentón e intentó recordar alguna charla que hubiesen mantenido al respecto, pero no dio con ninguna. Puede que fuese porque en aquel limbo salpicado de flores se sintiese lejos, muy lejos, del Martín taciturno que caminaba sin alzar la vista por las calles de Madrid.

Los músculos de Isaac se tensaron cuando clavó la azada en la tierra con la intención de continuar cavando el agujero que tenía a sus pies.

—No importa. Me dejé llevar por una estúpida intuición y ni siquiera lo pensé. Lo siento. Es uno de mis defectos, no me lo tengas en cuenta. —Respiraba con dificultad cuando paró. Se apoyó en el palo de madera antes de secarse la frente con el dorso del brazo. Y luego le dirigió una mirada singular—. ¿Amigos?

Martín sonrió con alivio.

—Claro. Amigos.

El orden de su pequeño universo volvió a restablecerse. Fue como si los planetas regresasen a su órbita, girando y girando ajenos a los secretos que escondía la galaxia.

La galaxia es inmensa. Escapa a nuestra comprensión.

Lo mismo ocurre con el corazón humano.

EL CORAZÓN

Lo que dicen los libros de texto sobre el corazón humano es que se encuentra en el centro del pecho, detrás y ligeramente a la izquierda del esternón. El pericardio, una membrana de dos capas, lo envuelve como una bolsita, no vaya a ser que se caiga al suelo y se ensucie. El corazón posee cuatro cavidades, que se dividen en aurículas y ventrículos. Las válvulas cardíacas controlan el flujo de sangre, y los impulsos generados por el miocardio estimulan las contracciones. En resumidas cuentas, el corazón actúa como una bomba que impulsa la sangre hacia los órganos, tejidos y células del organismo a través de una compleja red de arterias, arteriolas y capilares.

Lo que los libros de texto no dicen sobre el corazón humano es que está lleno de recovecos oscuros y que caminar por ese sinuoso laberinto sin perderse no es fácil. Da igual que lleves una brújula en la mano, porque las emociones son ciegas, te nublan la mente y la razón y te obligan a avanzar por paisajes desconocidos: selvas tropicales plagadas de animales peligrosos, desiertos solitarios o glaciares silenciosos. En teoría, disponemos de un mapa con las rutas más seguras, pero es un mapa inservible porque no entiende de impulsos, deseos, anhelos o contradicciones. No sabe nada sobre fragilidades y fortalezas. Allí, en el centro del corazón, duermen los sentimientos más profundos, desconocidos e indescifrables del ser humano.

Y están destinados a despertar en algún momento.

- Medio Kg de fresas
- Unas hojas de menta
- 2 litros de agua
Servir con hielo
- 2 litros de agua
- Piel de 2 limones
- Zumo de 8 limones
- Azúcar o miel
Mejor con hielo picado

VERANO, 1980

Contempló la lenta sonrisa de Isaac cuando se atrevió a coger el trozo del panal que le tendía. Las abejas zumbaban alrededor y la pegajosa miel goteaba de las celdillas.

—Pruébala —lo animó.

—¿Podemos alejarnos antes?

—No te harán nada, hay pocas. —Isaac torció la boca al ver que Martín alzaba las cejas con desconfianza—. Está bien. Vamos, chico de ciudad.

Se sentaron a la mesa de hierro forjado cobijada bajo la sombra de las parras, allí donde solían acomodarse al atardecer con una cerveza y un cigarrillo. En esa ocasión, Martín lamió el trocito de panal de miel y el sabor explotó en su lengua.

—Nunca lo había probado así.

Isaac se arrellanó en su silla, dio una calada y expulsó el humo moviendo los labios para formar pequeños aros que se esfumaron instantes después.

—Háblame de ellos —le pidió.

No habían vuelto a tocar el tema desde aquella tarde de domingo en la que Martín regresó para quedarse. Acudía allí de buena mañana, temprano, y trabajaba mientras Isaac se encargaba del jardín o se ausentaba si algún vecino lo llamaba porque tenía una urgencia. A veces intentaba hacer algo para comer, pero el experimento solía terminar con una olla chamuscada y él acercándose hasta el bar para comprar un par de bocadillos. Al caer la tarde, solían disfrutar de un rato de siesta bajo la mimosa y, al despertar, Martín se ponía a pintar con las acuarelas, que era su parte favorita de todo el proceso, e Isaac leía lo que iba terminando y le hablaba de las flores que cultivaba en el jardín.

Cuando llegaba a casa al anochecer, Candela lo esperaba al otro lado del teléfono. La vida real seguía su curso, pero Martín tenía la sensación de pasar las horas de sol dentro de un capullo de seda que lo aislaba de su pasado y de su futuro.

—El pequeño se llama Daniel y tiene seis años. El mayor, Sergio, cumplió los nueve a finales de mayo. No se parecen en nada. —Sonrió al pensar en ellos—. Uno es extravertido, no para quieto, le encantan los deportes. El otro es feliz jugando con el microscopio y leyendo. Los dos son buenos chicos, muy buenos.

—¿Y ella?

Martín se aclaró la garganta.

—Candela. Nos casamos hace diez años.

—Tantos detalles de golpe me abruman —bromeó.

Martín soltó una carcajada ronca y se encendió un cigarrillo cuando Isaac le ofreció el mechero. El viento allí siempre era húmedo, todavía más al atardecer, y arrastraba a su paso el aroma del limonero que crecía en una esquina del patio.

—¿Qué quieres saber? —preguntó.

—¿Tenéis un matrimonio feliz?

—Es complicado. —Tuvo sus dudas, pero al final pronunció las palabras que se le atascaban en la garganta—. No estamos pasando una buena época.

—¿Por eso has acabado aquí?

—No exactamente, pero el proyecto se me estaba resistiendo entre los problemas en casa, y la cosa no iba a mejorar teniendo que trabajar con los críos de vacaciones.

—¿Es una especie de crisis de pareja?

Martín lo meditó y bebió un trago de cerveza.

—No lo sé. Y ese es justo el problema: que no sé nada. Cuando llegaba a casa tenía la sensación de estar... flotando. Como al ir a la playa y tumbarte en el agua dejándote llevar por la marea. Una vez lo hice durante un viaje a Barcelona. Fue liberador y también terrorífico, porque sabía que si no nadaba en algún momento..., bueno, terminaría mar adentro. ¿Entiendes lo que quiero decir?

—Creo que sí.

—Bien. —Suspiró.

—¿Y cómo os conocisteis?

—Delante del despacho de su padre, que fue uno de mis profesores en la universidad. Creo que, al soplar las velas en cada cumpleaños, el hombre sigue pidiendo lo mismo: que me caiga encima un meteorito o algo por el estilo.

—Así que no es una relación paternal de suegro y yerno.

—No, joder, no. Me mira... Tendrías que ver cómo me mira... —Martín soltó una risa más amarga que divertida—. Piensa que soy imbécil. Puede que tenga razón.

El sol caía sin tregua tras el horizonte cuando Martín rememoró aquella tarde en la que oyó a Candela hablando con su padre en el despacho de la casa familiar. Habían ido a comer allí como todos los domingos, y Martín se había ofrecido a poner la mesa. «Avisa de que la comida ya está lista», le pidió su suegra. Avanzó por el pasillo. La puerta estaba entreabierta, así que oyó sus voces, nítidas y ásperas como el estropajo. «No deberías haberte casado con él. Estoy seguro de que no es mala persona, pero es... es... simplón.»

Martín jamás olvidaría esa palabra. De hecho, lo perseguiría durante el resto de su vida. «Simplón», como una sopa aguada. «Simplón», como escribir un poema comparando unos ojos azules con el mar. «Simplón, simplón, simplón.»

—¿Él es el problema de vuestro matrimonio?

—Ojalá fuera tan sencillo. —Estiró el cuello hacia atrás y apoyó la cabeza en el respaldo para contemplar las nubes arreboladas. Pensó en los días en Madrid, en cómo se agolpaban unos detrás de otros. Pensó en reproches y dardos. Pensó en aquel trabajo que el padre de Candela le había ofrecido y que él se negaba a aceptar. Pensó en la palabra preferida de su mujer: «Más». Miró a Isaac—. ¿Has tenido alguna relación larga?

—No.

—Pues recuerda esto cuando la tengas: el tiempo no arregla nada, tan solo saca a la luz toda la suciedad que uno va acumulando con el paso de los años. Empiezas ignorando una de esas pelusas inofensivas que se acumulan en la esquina del salón y cuando quieres darte cuenta estás de mierda hasta el cuello.

—Qué esperanzador.

Martín no respondió de inmediato. Apagó el cigarrillo aplastándolo contra el cenicero y se terminó la cerveza. Se sentía bien allí, se sentía cómodo. Quiso decirle eso y también que nunca había hablado de aquello con nadie. De hecho, se sorprendió al continuar desmigando sus penas incluso cuando Isaac dejó de preguntarle:

—No creo que Candela sepa con quién se ha casado.

—¿Qué quieres decir?

—No me conoce. No de verdad. Y si lo hiciese, le gustaría aún menos. Así que supongo que lo inteligente es dejar las cosas tal como están. Mira, hace tiempo tuve un sueño. Estaba delante de una vitrina llena de esas figuritas de cerámica tan delicadas que se rompen solo con mirarlas. El problema era que debajo de ellas había una capa de polvo. En el sueño, sostenía en la mano un trapo. Era evidente lo que me decía el subconsciente, ¿no? «Limpia la mierda.» Pero en cuanto metí la mano, a pesar de hacerlo con cuidado, algunas figuras empezaron a caer y se hicieron añicos.

—La vitrina era tu matrimonio.

—Sí. Es mejor no tocarlo.

—¿Hasta cuándo?

Martín no fue capaz de contestar.

VERANO, 1980

—Pero ¿cómo es posible que no sepas pelar una patata? Estás destrozándola. Anda, dame el cuchillo, dámelo. Mira, se hace con delicadeza, sin quitar la mitad.

—Visto así parece fácil, pero...

—Inténtalo otra vez, venga.

En la pequeña cocina hacía calor, a pesar de que las ventanas estaban abiertas de par en par. A Isaac, que se estaba tomando en serio las clases de cocina, no parecía importarle, pero Martín se sentía inútil y agobiado dentro de la estancia. No estaba seguro de si se debía tan solo al tiempo o también al reducido espacio que compartían.

—Ya que lo de pelar no es lo tuyo, al menos prueba a cortarla.

—¿Y cómo la corto? Me refiero a la forma.

—En tiras largas y finas. Trae eso.

Al final, presa de su impaciencia habitual, siempre terminaba quitándole el cuchillo de las manos y Martín no podía evitar sonreír en respuesta. Tac, tac, tac. Isaac cortaba con soltura y de forma rítmica. Cuando acabó, apartó las patatas a un lado.

—¿Te ves capaz de ir al huerto a por una lechuga y tomates?

Martín le dio un codazo mientras reía. Volvió a pensar en esa familiaridad singular que parecía envolverlos pese a la distancia que él se esforzaba por marcar. Sus amistades hasta entonces habían sido diferentes, casi siempre lejanas y superficiales, nada de conversaciones trascendentales o miradas de complicidad. Ni mucho menos entraba en juego el contacto físico más allá de algunas palmadas secas en la espalda.

Lo pensó cuando Isaac cogió su mano derecha y la giró.

—La cortas así. —Simuló el movimiento—. Al ras.

—Vale. —Se apartó de él vacilante y confuso.

—No se te ocurra arrancarla de raíz.

—Lo he entendido, en serio.

Salió de la cocina y, a pesar del aire cargante, se sintió mejor conforme se alejaba paso a paso hasta llegar al pequeño huerto. Respiró hondo, estaba inquieto. ¿Qué le ocurría?, ¿por qué se sentía traicionado por la manera en la que su cuerpo reaccionaba ante algo desconocido? Se puso de cuclillas en el suelo, contempló las lechugas verdes y brillantes algo picoteadas por los pájaros antes de elegir la más grande. Luego recordó la mano de Isaac sosteniendo su muñeca con decisión e imitó la posición con el cuchillo. El corte fue recto y limpio. Después se acercó hasta las plantas atadas a las cañas. Los tomates estaban gordos, relucientes y maduros. Arrancó uno y lo observó. Debería haberse encaminado de vuelta hacia el interior de la casa, pero, en lugar de hacerlo, hundió los dedos en la piel pulposa y se quedó mirando las semillas del tomate que se derramaron sobre su mano. La fruta descuartizada parecía preguntar: «¿Qué estás haciendo, Martín? ¿Qué estás haciendo?».

Como si él lo supiese.

PRIMAVERA, 2018

—¡Cuidado con las hortensias!

—Pero ¿qué estoy haciendo mal?

—No la trates así. Quiero decir... —Isaac se acerca y le quita la regadera de las manos—. No tires el agua encima de la flor, no le gusta.

—Qué delicada —bromea Martín.

—Mira quién fue a hablar. Es una planta que siempre me ha recordado a ti. Fácil en apariencia hasta que intentas cultivarla en esta zona. Suerte si consigues mantenerla más de unos años. Que si no quieren sol, pero sí mucha luz. Que si tiene que estar siempre húmeda, pero ni se te ocurra encharcarla, y ofrécele un buen drenaje. Que si las hojas amarillean cuando tienen mucha cal, así que hay que regarla con agua previamente descalcificada.

Que si utiliza tierra de brezo, y cuidado con el pulgón...

—Creo que he captado la idea.

Martín necesita sujetarse a un saliente de la pared para lograr sentarse en un taburete de madera que está junto al parterre. Respira con cierta dificultad después de una mañana de trabajo en el jardín, aunque se esfuerza para que no lo note Isaac, que, en cambio, está más en forma; se percibe por la manera que tiene de moverse, no se fija tanto en dónde pone los pies, tira de la manguera con soltura cuando se atasca en alguna esquina, y el esfuerzo físico parece liberarlo en lugar de sofocarlo.

Allí sentado, Martín disfruta al verlo regar las plantas. Durante todos aquellos años separados siempre se lo imaginó así: rodeado de flores y colores y más flores.

—¿Cómo están los críos?

La pregunta lo desconcierta hasta que cae en la cuenta de que se refiere a sus hijos. Una sonrisa le baila en los labios y apoya las manos en las rodillas.

—Ahí van. Sergio está a punto de cumplir los

cuarenta y siete, tiene dos hijas, una de ellas en plena adolescencia, y se divorció el año pasado.

—¿Cómo es posible...?

Distraído, Isaac se moja las botas hasta que mueve la manguera. No termina la frase, pero no es necesario que lo haga porque los dos saben qué es lo que está pensando: «¿Cómo es posible que haya crecido tanto?, ¿cómo es posible que el tiempo pase tan deprisa?, ¿cómo es posible que estemos llegando al final del viaje?».

—¿El otro se llama Daniel?

—Sí. No se ha casado ni ha tenido hijos. Vive en Berlín. Le dieron una beca durante el último año de universidad y allí se quedó. Creo que es feliz.

Un silencio tirante solo roto por el murmullo del agua.

—¿Y ella...?

Martín toma aire.

—Candela murió hace tres años. Fue inesperado: un aneurisma cerebral. Ocurrió tan rápido que no sufrió, a veces todavía me consuela pensar eso.

—Lo lamento.

Comparten juntos unos minutos más mientras

Isaac termina de regar esa zona del jardín. Después, Martín se pone en pie con torpeza y el otro lo mira de reojo.

—¿Necesitas ayuda?

—No, no. Puedo solo. —Toma aliento y luego le echa un vistazo al reloj de pulsera que aún usa—. Hoy no me quedo a ver el atardecer, debo irme ya.

—¿Tantas cosas tienes que hacer?

A Martín lo complace descubrir que Isaac lamenta su marcha y en ese momento entiende que, en el fondo, sigue siendo el mismo joven que conoció durante el verano de 1980. Ese que se mostraba siempre valiente y fuerte y vivaz. Ese que escondía sus miedos y aquello que lo hacía vulnerable. Aunque frente a él se dejó ver. Frente a él... se quitó todas las capas, una tras otra, sin dudar. ¿Y qué hizo Martín con todo lo que Isaac le dio? Nada. No pudo hacer nada. Tan solo dejar que se escurriese de entre las manos.

—Sí, tengo que tirarme en paracaídas, he quedado dentro de media hora. Y me espera una cita apasionante para esta noche en un restaurante de esos donde sirven..., ¿cómo se llama?, lo tengo en la punta de la lengua, ah, sushi, sí, a mi nieta le encanta.

—¿Sushi? —Isaac frunce el ceño.

—Son esas cositas pequeñas de pescado crudo.

—Por mí, pueden quedarse toda esa basura.

Martín sonríe y busca las llaves del coche en el bolsillo de sus pantalones de pana. En el manojo destaca un pequeño llavero que compró cuando hizo el Camino de Santiago, y lo sacude haciéndolo tintinear antes de despedirse:

—Al final no llegaré a tiempo. Nos vemos mañana.

—¡Oye! Pero aún no me has dicho adónde vas.

—A la farmacia, Isaac. A la farmacia.

Y se marcha sonriendo como diciéndole: «¿Adónde demonios quieres que vaya en este pueblo?». No lo ha comentado con él, pero de vez en cuando, comido por la nostalgia, buscaba noticias o le echaba un vistazo al censo demográfico. Hace casi cuarenta años vivían allí cuatrocientas personas. Hoy apenas quedan la mitad. No debería haberlo entristecido como lo hizo ver que cada año el número iba desplomándose.

«Los jóvenes tardan poco en marcharse.» Es un hecho. Todo ha cambiado. También tardan poco en divorciarse. O en decidirse a vivir la vida sin responsabilidades. En el fondo, Martín admira a sus dos hijos: ambos tomaron decisiones a las que él fue incapaz de enfrentarse, y a menudo se pregunta si ahora el mundo es más libre o si, en cierto modo, esa libertad siempre estuvo alrededor y tan solo debía alargar la mano para cogerla y hacerla suya. Puede que nunca averigüe la respuesta.

Aparca al lado de la farmacia. Todavía está abierta. Entra y lo recibe la sonrisa amable de un hombre rubio de gruesas cejas y ojos verdosos. Lleva una pequeña placa colgada de la bata en la que puede leerse que su nombre es Alfredo.

—Buenas tardes, necesito saber si los medicamentos ya están disponibles, que con esto de la receta electrónica no me entero como es debido.

Y le tiende su tarjeta sanitaria.

VERANO, 1980

Había cola en la farmacia, así que Martín esperó con impaciencia mientras le echaba un vistazo a un folleto de cremas que no le interesaba en lo más mínimo. Esa mañana, al llegar a casa de Isaac, le extrañó no encontrarlo trabajando en el jardín: estaba sentado a la mesa pelando unas hortalizas y tenía muy mala cara.

—¿Qué te ocurre?

—Nada, me he levantado con el pie izquierdo.

Sin preguntarle antes, se inclinó hacia él y le tocó la frente.

—Estás ardiendo —le dijo.

—Bah. Pamplinas. Estoy bien.

—¿Tienes algún botiquín con medicación?

—No. Serán las anginas. Siempre lo son. Se pasa

al cabo de unos días. Mira, si de verdad quieres echarme una mano, ¿te importaría llevarle esas flores a Pilar? No he podido hacer el reparto todavía y estará esperando.

—Claro. Y luego me paso por la farmacia.

—Eso no será necesario.

—Deberías meterte en la cama.

—Y tú en tus asuntos —replicó.

—Maldito testarudo... —masculló Martín por lo bajo al tiempo que se alejaba de él y cogía el grueso manojo de flores para dejarlo en el asiento del copiloto. El aroma era tan intenso que tuvo que bajar las ventanillas cuando empezó a dolerle la cabeza.

Tras hacer la entrega, fue a la farmacia del pueblo. Y por eso acabó leyendo aquel folleto de cremas mientras la cola avanzaba lentamente y un niño rubio, por lo visto el hijo de los dueños, correteaba de un lado para otro blandiendo una espada imaginaria.

—¡Alfredo! ¡Quédate quieto o métete en el almacén con Olga!

—¡No, mamá, prefiero jugar aquí! Prometo que no tiraré nada. —Su réplica logró arrancar las sonrisas de la mayoría de los clientes que esperaban.

—Ay, Alfredo. —La farmacéutica negó con la cabeza.

Martín se entretuvo observándolo. Le recordaba al mayor de sus hijos, que era incapaz de permanecer más de quince minutos seguidos sentado en una silla y a Candela la sacaba de quicio. «Es imparable», se quejaba. «Es un niño», respondía él. Una vez había leído un artículo que hablaba sobre los padres que de manera inconsciente intentaban que sus hijos fuesen prolongaciones de sus propias vidas. «Tiene sentido —decía el autor—, porque nacen de nosotros, los educamos con nuestros valores, nos convertimos indirectamente en la figura de la Iglesia adoctrinando a sus pequeños creyentes en un mundo dominado por el castigo o el premio. Quizá la idea abstracta del cielo o de la vida eterna aún no sea lo bastante motivadora, pero ningún niño se resiste al soborno de hacer lo debido a cambio de un trozo de chocolate.»

Martín nunca había deseado que sus hijos se pareciesen a él, aunque le hacía gracia encontrarse en detalles, como el hecho de que Daniel también fuese incapaz de guiñar el ojo izquierdo o que todo el mundo dijese que Sergio tenía su sonrisa. Le parecía estimulante verlos crecer mientras se preguntaba cómo serían, qué ropa les gustaría vestir o la música que los emocionaría cuando se hiciesen mayores. Se mantenía como un espectador silencioso que se mueve alrededor e intenta no tropezar con los cables o los focos de la obra de teatro de sus vidas, no vaya a ser que tocase algo y lo echase a perder.

—¿Qué necesita? —La farmacéutica le sonrió.

—¿Puede darme algo para la garganta y la fiebre?

Encontró a Isaac dormitando en el sofá con la frente ardiendo. Al entrar en la cocina descubrió que se había dejado el fuego del caldo encendido y lo apagó antes de prepararle la medicación. Tuvo que sacudirlo varias veces para que despertase.

—Tienes que tomarte esto, venga.

—Estoy... bien... —insistió.

Se incorporó con dificultad y, a pesar de sus quejas, no opuso más resistencia antes de ingerir la dosis. Después, Martín acercó una silla que colocó junto al sofá. Se sentó. No estaba muy seguro de qué hacer, pero no quería marcharse hasta asegurarse de que le había bajado la fiebre. Al final, indeciso, cogió su cuaderno de dibujo, lo apoyó sobre el regazo y se entretuvo trazando algunas flores que tenía pensado pasar a limpio durante los próximos días. Ya había transcurrido un buen rato cuando Isaac abrió los ojos:

—¿Qué haces?

—Dibujar. ¿Cómo estás?

—Bien —mintió antes de toser.

—¿Por qué eres incapaz de admitir que estás enfermo y que te encuentras mal?

—Déjame ver eso. —Isaac alzó el cuello para echarle un vistazo a la flor que estaba dibujando—. Una margarita. ¿Sabías que pertenecen a la familia de las asteráceas? Me gustan. Me gustan porque son sencillas, poco exigentes. Representan la amistad, la pureza y los nuevos comienzos. Eran las flores preferidas de mi abuela María.

Martín lo miró de reojo sin dejar de dibujar.

—Háblame más sobre las flores.

—¿Qué quieres saber?

—Eso. Su significado.

Isaac tosió un par de veces.

—Los lirios simbolizan el honor y el poder. Las azaleas la esperanza. Las campanillas de invierno el cambio, porque florecen para anunciar la primavera. En el caso de los tulipanes y las rosas, por ejemplo, encarnan cosas distintas según el color. El morado se asocia con la lealtad, el amarillo con la alegría, el blanco con la paz...

—El rojo con el amor —añadió Martín.

—Y la pasión. Si te paras a pensarlo, casi todas lo muestran de alguna manera. Tiene sentido, ¿no crees? Una flor es la belleza que brota de una planta que se riega y se cuida. Como el amor. Luego, existen matices. La orquídea representa la sensualidad y el erotismo, la gardenia sirve para expresar un amor secreto...

—¿Las dalias?

—La gratitud.

—¿Y las amapolas?

—Son silvestres y muy frágiles. No sé dónde leí que en algunos países se usan como símbolo de las víctimas de los conflictos armados; el estambre negro del centro representa la bala y los pétalos rojos la sangre derramada.

—Nunca las había visto así...

—Creo que mi madre era una amapola.

Lo vio tragar saliva con dificultad y, por un instante, Martín fue incapaz de visualizar al hombre de veintinueve años que tenía delante: tan solo encontró a un niño perdido entre una brumosa soledad. Quiso consolarlo. Quiso apartarle el cabello castaño y tomarle la temperatura para asegurarse de que la medicación le había hecho efecto. Quiso decir algo gracioso e ingenioso que disipase la tristeza. Quiso... Quiso... Como si «querer» hubiese sido sinónimo de algo posible alguna vez en su vida.

—Mi padre sería un nenúfar: la frialdad y la indiferencia —continuó Isaac envuelto en una neblina de fiebre que resquebrajó sus defensas.

Martín se rindió entonces. Casi pudo ver el muro derrumbándose ante sus ojos y, todavía aturdido entre el polvo que se levantó, deslizó la mano hasta su frente mientras Isaac permanecía inmóvil. Pensó que desde fuera podría parecer extraño, y quizá lo era, porque el momento se alargó y su pulgar trazó espirales sobre la sien palpitante de Isaac. No supo qué fue lo que le impulsó a hacerlo, pero su cerebro, siempre rumiante, se apagó. Y el mundo se disolvió alrededor como una pastilla efervescente al caer en el agua, con todas esas burbujitas eclosionando igual que las flores del cerezo al llegar la primavera.

El gorrión macho tiene unas manchas de color negro en la cara.
Gorrión hembra
Sus manchas y colores llamativos. Esto permite que ellas y los polluelos tengan más posibilidades de sobrevivir.

BAJO EL AGUA, 1954

Martín tenía ocho años cuando estuvo a punto de morir ahogado. Ocurrió en la casa de campo que unos tíos de su madre tenían en Toledo. Los adultos estaban entretenidos tomando café y pastas después de una copiosa comida en el jardín, y él se alejó hacia la piscina arrastrando un palo por el suelo. De niño era delgaducho y tenía la piel pálida: al mirarse al espejo, su pecho le traía el recuerdo de las carcasas de pollo que su madre vendía en la carnicería familiar para darle sabor al caldo. Se asomó a la piscina. No lo recibió su reflejo, tan solo el agua en calma, de un azul irreal.

Se sentó en el bordillo. Metió dentro las piernas y las agitó.

Había algunos insectos flotando. Una abeja, dos o tres moscas, un pequeño saltamontes y unos cuantos bichos más que Martín fue incapaz de identificar. El único que aún se movía era la abeja; de vez en cuando, agitaba sus diminutas alas con la esperanza de salvarse, pero él sabía que no lo conseguiría. Alargó la mano con la que aún sostenía el palo, pero la muy tonta no parecía comprender que aquello era un puente hacia la vida. Martín insistió. A diferencia de su hermano mayor, no le resultaba divertido torturar a los animales, conseguir que las lagartijas se desprendiesen de su cola o meter en un bote de cristal a un depredador como una araña junto a una indefensa polilla.

—Vamos, sube, sube...

Se inclinó más. Al fin, la abeja pareció comprender que no era una amenaza y sus enclenques patas negras se adhirieron al palo. La satisfacción le dibujó a Martín una sonrisa en la cara y, justo entonces, la abejita alzó el vuelo con pasmosa facilidad, se posó sobre su mano y le clavó con fuerza el aguijón en la piel.

Para ir al siguiente recuerdo de Martín es necesario cambiar el plano y situarse bajo el agua en lugar de sobre ella. El mundo en su totalidad se volvió azul: las paredes de la piscina y el suelo y el cielo maravillosamente despejado de aquel día de verano.

Martín chapoteó, movió las piernas, sacudió los brazos, abrió la boca, tragó agua, quiso gritar, tragó más, oyó el borboteo del agua alrededor y también la risa vibrante de su madre algo más lejos. Mientras se hundía, la imaginó bebiendo café y contándoles a sus tíos alguna de esas anécdotas estrafalarias que siempre se guardaba en la manga para las reuniones sociales. Su padre, al que él terminaría pareciéndose en el futuro más de lo que le hubiese gustado, estaría jugueteando con el salero, y su presencia sería más fantasmagórica que terrenal, como esos actores secundarios de las películas en los que nadie se fija. ¿Y él? Bueno..., él se estaba muriendo.

Pero curiosamente dejó de luchar mucho antes de sentir los brazos entumecidos. Pensó: «Esto es todo, la vida corta de un crío que nadie recordará. Dentro de cincuenta años, alguien en el cementerio pasará por delante de la lápida y contemplará la deslucida fotografía en la que saldré con esa pajarita que odio y que mi madre se empeña en ponerme los domingos. Se preguntará de qué morí siendo tan joven, pero no imaginará que la culpa fue de un insecto diminuto y seguirá su camino sin mirar atrás».

¿Y sus compañeros del colegio? ¿Qué dirían al enterarse? Esperaba que los detalles no trascendiesen y que su fallecimiento estuviese rodeado de cierto misterio. O, mejor aún, que alguien inventase algún rumor estúpido, como que le había caído encima un meteorito, que se lo comió un tiburón o que se vio atrapado en medio de un tiroteo.

Era mejor que «acabó en el hoyo por salvar a una abejita».

Aquello fue lo último que pensó antes de que aquel mundo azul lo engullese.

Lo siguiente que recordaba era una luz, una luz potentísima sobre sus ojos y un hombre de barba grisácea pidiéndole que no intentase hablar. Estaba húmedo como un calamar, con la ropa aún pegada al cuerpo, y las náuseas trepaban por su garganta.

Durante muchos años, Martín reflexionaría sobre aquel episodio de su vida: una abeja, un niño y una piscina. Pese a sus buenas intenciones, el insecto se había sentido amenazado y se había defendido, incluso aunque hacerlo implicase el fin de su propia existencia. Trasladado a los humanos, simbolizaría una mezcla entre el miedo y el orgullo. Atacar antes de escuchar. Atacar al sentirse vulnerable. Atacar por instinto.

VERANO, 1980

Con los codos apoyados sobre la hierba reseca por el sol, sonrió al ver que Isaac metía la cabeza debajo del agua helada y luego daba brazadas aquí y allá. Desde que se encontraba mejor parecía tener ganas de recuperar el tiempo perdido, como si la idea de haberse pasado tres días metido en la cama fuese inconcebible. Y eso que habían aprovechado para avanzar con la enciclopedia: Martín leía en voz alta cada página que iba pasando a limpio y, cuando Isaac no aguantaba más y se dejaba mecer por un sueño profundo, él salía y se fumaba un cigarro mientras regaba las plantas del jardín.

—Vas a volver a enfermar —le dijo.

—Tonterías. El agua fría solo tiene beneficios

—replicó, y se acercó a la orilla donde Martín esperaba con los pies entumecidos metidos dentro del arroyo—. ¡No seas cobarde y lánzate, vamos! Si te mueves apenas se nota que está helada.

—A mí lo del riesgo y la aventura me llama poco.

—Tardé unos tres segundos en deducirlo el día que te conocí. —Isaac salió del agua y se acomodó a su lado con una sonrisa satisfecha—. Deberías pensar en lo que te estás perdiendo. La clave está en dejarse llevar por el primer impulso y desoír todo lo que venga después. Estoy seguro de que al ver el agua te apetecía lanzarte de cabeza, pero luego empiezas a sopesar si te congelarás, si las rocas del suelo te harán daño en los pies, si vale la pena quitarte la ropa para darte un chapuzón rápido, si, si, si...

—El mundo sería un lugar caótico si todos fuésemos como tú —contestó Martín, se tumbó a su lado y estiró el brazo para coger el cuaderno de dibujo.

—Me gusta el caos. Me gusta mucho.

Martín comenzó a delinear el contorno alargado de una florecilla anaranjada que crecía entre la hierba. Después, su mirada se desvió hacia la figura que descansaba algo más allá, como un tren frente a unas vías que avanzan en línea recta y de pronto se encuentra una bifurcación. Martín la tomó. ¿Por qué no? ¿Por qué no seguir dibujando la punta de los dedos de Isaac hasta capturar esa mano que ya le resultaba familiar y seguir un poco más y más arriba por el brazo alargado y la curva de los hombros que recordaba a la luna menguante? Nadie se lo impedía. Nadie estaba allí con ellos para preguntarle por qué deseaba detener el tiempo hasta lograr que los trazos gruesos alcanzasen la forma perfecta y se extendiesen por el torso desnudo de Isaac.

Isaac parecía ignorar el rasgar suave de la punta del lápiz deslizándose por el papel y mantenía los ojos cerrados bajo el sol, que empezaba a esconderse entre las nubes amoratadas. Martín se ofuscó cuando comprendió que no podría capturar en su cuaderno su manera de respirar, esa forma que tenía de inhalar el aire y después dejarlo salir lentamente. O las gotas de agua que pendían como estalactitas y habían empezado a secarse mientras él dibujaba contra reloj. O la piel..., la piel jamás lograría recrearla: esa extraña sensación de que era áspera y suave a la vez, esa contradicción que Martín no podía comprobar porque para ello tendría que alargar la mano y acariciarlo.

—¿Has acabado ya? —preguntó Isaac en un susurro ronco.

—Solo... me aburría. Puedes moverte. Haz lo que quieras.

Isaac se giró hacia él con una sonrisa vanidosa tirando de sus labios. En contraste con su piel bronceada, aquellos ojos eran de un azul intensísimo. Por un instante, Martín se sintió caer otra vez en una piscina; se vio moviendo brazos y piernas inútilmente, con el convencimiento de que entonces nadie se lanzaría a salvarlo.

—Me gusta esto de convertirme en una estatua griega.

—Ahora que lo pienso... —comenzó a decir Martín mientras proseguía moviendo el lápiz por el cuaderno—, sí que conozco una historia relacionada con las flores. Quizá debería incluirla en la enciclopedia como un apunte, aún estoy a tiempo.

—Sorpréndeme.

—En la mitología griega, Narciso era un joven

apuesto que enamoraba por igual a hombres y mujeres, pero para él nadie era suficiente por culpa de su ego y su vanidad. Una ninfa que cayó a sus pies, Eco, decidió seguirlo un día que salió a cazar. Ella había sido castigada por Hera y solo podía repetir la última palabra que el otro dijese en una conversación, así que no tenía voz, pero a través de los sonidos de la naturaleza le hizo entender a Narciso que lo amaba. ¿Y qué hizo él? La rechazó cruelmente burlándose de ella, y Eco se marchó a una cueva en la que pasó el resto de su vida sola y consumida por la tristeza. Pero antes le rezó a Némesis, diosa de la venganza.

—Mira que eran trágicos estos griegos...

—Para castigarlo, Némesis hizo que él se enamorase de su propia imagen. Así que cuando Narciso se vio reflejado en el río fue incapaz de alejarse de la imagen que vio y al final, intentando atraparla, se lanzó al agua y se ahogó. Dicen que justo en el sitio donde cayó crecieron las flores que hoy en día conocemos como narcisos.

Isaac soltó un suspiro y se tomó unos minutos de reflexión:

—Debería valorarse que Narciso se quisiese tanto a sí mismo. ¿Qué tiene de malo? ¿En qué momento se cruza la línea entre la vanidad y el amor propio?

—No sé si lo has entendido.

—Del todo. —Fue a decir algo más, pero entonces sacó la lengua y se lamió una gota que le había caído en el labio superior. A Martín aquel gesto descarado le resultó turbador—. Mierda. Está empezando a llover.

—Pero si amaneció un día perfecto...

—Lo llaman «tormentas de verano».

Alzó la vista para comprobar que, en efecto, una telaraña de nubes de un lila oscuro había empezado a cubrir el cielo. Pronto aprendería el significado de la palabra «chaparrón», cuando el agua se precipitase de manera salvaje durante apenas unos minutos antes de que la calma volviese a instaurarse como si nada hubiese pasado. Se apresuró a guardar el cuaderno de dibujo y se lo metió bajo la cinturilla de los pantalones mientras Isaac recogía las pocas pertenencias que se habían llevado al arroyo.

Martín lo seguía moviéndose con torpeza entre

los matorrales. La lluvia se deslizaba por la espalda desnuda de Isaac, que tan solo se había puesto los pantalones y los zapatos antes de salir corriendo bajo la tormenta. El agua caía furiosa, como si las nubes fuesen esponjas y alguien las hubiese escurrido de golpe sobre sus cabezas. Un paso y otro y otro más. Cada vez que lograba reducir la distancia que los separaba, Isaac volvía a coger carrerilla retándolo a ir más rápido.

Cuando llegaron a la casa se refugiaron bajo la amplia cornisa de la terraza. Se miraron. Se echaron a reír tontamente mientras el cielo seguía descargando aquella lluvia rabiosa. A Martín le ardían los pulmones, pero se sentía bien, se sentía muy vivo.

Alzó la mirada hacia Isaac, que contemplaba absorto el espectáculo del agua cayendo sobre su jardín. La cadena de oro con la cruz brillaba sobre su piel mojada y se movía al ritmo de cada respiración; el pelo caía por su frente, las pestañas se le habían apelmazado y los labios... los labios estaban húmedos.

Y eran hipnóticos. Tan brillantes... Tan mullidos... Tan suyos...

El corazón de Martín se rebeló y el rugir de sus latidos acalló la tormenta. ¿Cómo sería dejarse llevar por un deseo fugaz, un impulso, un tirón inesperado? ¿Cómo sería besar al hombre que tenía delante sin pensar, sin etiquetar antes sus sentimientos, sin analizar el significado de aquel gesto y las consecuencias que podría tener en su vida?

Cogió aire. Cogió aire desde los pulmones, llenándose de valor. Luego, no recuerda que tuviese que hacer nada: su cuerpo tomó el control, se acercó, se inclinó, notó su propia boca cubriendo aquellos labios que no había podido dejar de mirar. Y fue demasiado fácil, demasiado sencillo, demasiado natural. Debería haberse sentido desconcertado e incómodo, pero tan solo notó un torrente cálido trepando por su columna vértebra tras vértebra con la intención de conquistar todo su cuerpo.

Isaac tardó unos instantes en reaccionar. Pero, cuando lo hizo, respondió hundiendo las manos en su pelo, tirando con suavidad de los mechones, que atrapó entre los dedos, buscando con la lengua el sabor de Martín hasta que un trueno rompió el murmullo de la tormenta y, con la frente apoyada sobre la de él, cerró los ojos.

Martín se quedaría para siempre con unos cuantos detalles dispersos: el cálido soplido de la respiración de Isaac contra su mejilla en contraste con la lluvia gélida, el ignorado pinchazo que le provocaba la esquina del cuaderno de dibujo que aún llevaba sujeto bajo la camisa y el cinturón de los pantalones, la confusión manifestándose a una velocidad delirante como el corazón de un embrión y, sobre todo, la necesidad ilógica, extraña y repentina de tocar a Isaac. Tocarlo por todas partes. Tocarle la raíz del pelo, la punta de la nariz, el arco de las cejas, el lunar burlón de su hombro, la cavidad del ombligo y el deseo palpitante que se escondía dentro de sus pantalones.

—¿Por qué lo has hecho? —Isaac tenía la voz ronca.

—No lo sé... —Quiso besarlo otra vez—. No lo sé.

Separó su frente de la de él cuando dio un paso atrás. Luego, nervioso y aturdido, Martín buscó las llaves del coche en los bolsillos de sus pantalones.

—¿Te marchas?

—Sí, sí... —Sacudió la cabeza—. No huyo, no es eso, esta vez no... —Martín logró enfrentarse a la mirada de Isaac—. Pero necesito... Tengo que...

—Lo entiendo.

—¿Sí?

—Sí. Ve.

Asintió. Se alejó bajo la lluvia. Abrió el coche. Tiró el cuaderno de dibujo en el asiento trasero. Encajó la llave. Accionó los limpiaparabrisas. Miró por el espejo retrovisor para dar marcha atrás. Y solo entonces, al encontrarse con su propia mirada refulgente y plena y desconocida, se preguntó quién demonios era aquel hombre.

Solo tenía claro que se llamaba Martín, que había cumplido los treinta y cuatro años, que vivía en Madrid, conducía un viejo Ford, trabajaba para una pequeña editorial, tenía dos hijos y una mujer atractiva y perfeccionista. Todo lo demás, cientos y cientos de hojas agrupadas con anillas en las que debería haber estado escrita su vida, el pasado y el futuro, se encontraban completamente en blanco, vacías, sin nada.

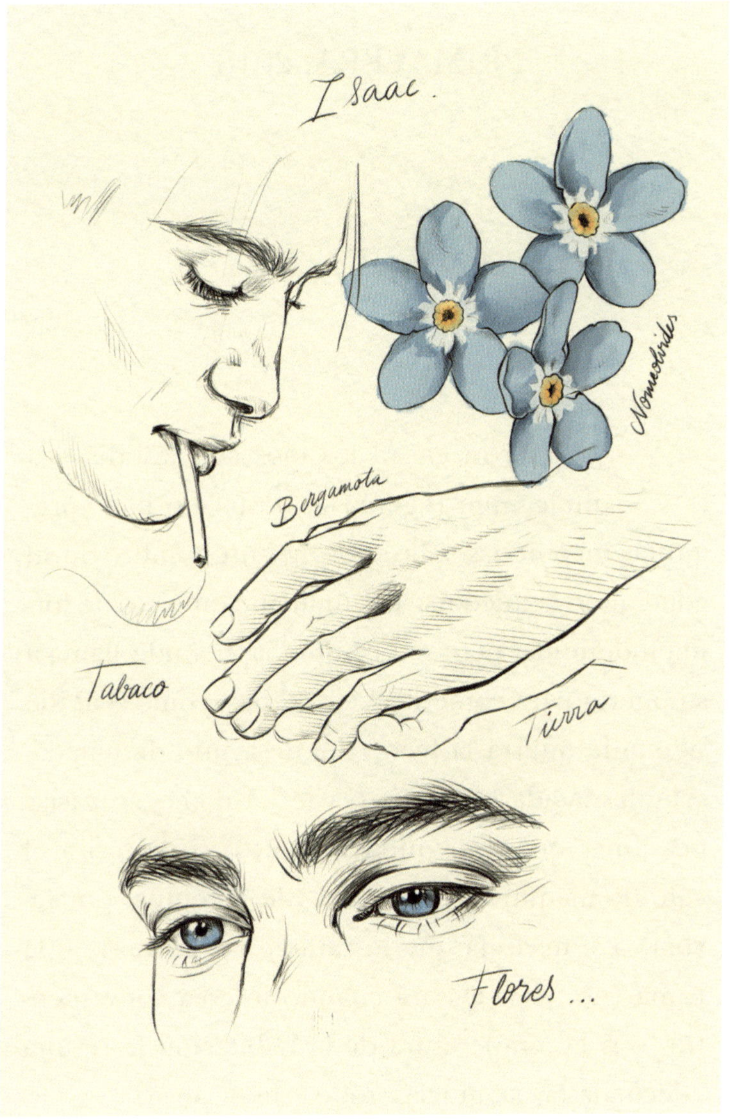
Isaac.
Nomeolvides
Bergamota
Tabaco
Tierra
Flores...

PRIMAVERA, 2018

Toc, toc, toc.

Martín cierra los ojos con fastidio. La mujer que regenta el hostal no hace preguntas incómodas sobre por qué un hombre de su edad querría quedarse en un lugar como ese de forma indefinida, pero, en cambio, a menudo llama a su puerta para comentarle tonterías, como si al día siguiente querrá la leche del desayuno desnatada, semidesnatada o entera (ya le ha dicho en varias ocasiones que le es indiferente), o si preferirá el café de máquina o en polvo (de máquina, por favor), o si necesita que le cambie las sábanas de la cama (no, ya la avisará cuando lo crea conveniente), o si la temperatura de la habitación le resulta adecuada (sí, sí, gracias, todo está perfecto).

Coge aire y logra levantarse con cierta dificultad.

Es un mal día. Así que, tras ver amanecer a través de la ventana, ha decidido que quedarse en la cama era su mejor opción. No quiere que Isaac lo vea tan débil, casi incapaz de caminar por culpa de esas piernas temblorosas que se niegan a seguir sus órdenes. Qué curioso: cuando era joven le preocupaba mostrarse vulnerable en lo emocional y, ahora, a los setenta y dos años, lo incomoda su debilidad física.

Por eso ha preferido no ir. Sabe que no sería útil ayudándolo en el jardín y no soporta la idea de convertirse en un estorbo. Puede que el esfuerzo de los días anteriores se haya manifestado de golpe, como si su cuerpo se burlase de él al oírlo pensar ridiculeces sobre volver a sentirse joven y tan vivo como aquel lejano verano.

Le abre con impaciencia la puerta a la mujer.

Pero no se encuentra con ella, sino con ese hombre de mirada ceñuda y rasgos marcados que parece estar esperando algún tipo de explicación.

—¿Qué estás haciendo aquí?

—Son las once y media de la mañana, hoy teníamos que trasplantar todas las flores que compré ayer. Debería hacerse a principios de primavera, quizá incluso antes, así que no sé a qué estás esperando. Hay margaritas, crisantemos, azucenas, claveles y...

—No pensaba ir. Tengo cosas... —Intenta dar con alguna excusa convincente, pero le duele la cabeza y al final tan solo repite—: Eso. Cosas.

—Cosas. —Isaac alza las cejas y entra en la habitación.

Agotado, Martín se deja caer en el viejo sillón que hay delante de la ventana; es posible que, cuando ellos se conocieron casi cuarenta años atrás, ya estuviese allí con sus incómodos muelles y el grotesco estampado de rombos. Espera sin prisa mientras Isaac recorre la estancia con la mirada, seguro que fijándose en el ambiente aséptico y desapasionado. Se detiene junto a la mesilla de noche, y Martín traga saliva cuando lo ve mirar las fotografías que ha dejado allí: en la primera aparecen Candela y él en el día de su boda, y ambos están felices a pesar del posado forzado; en la segunda, sus hijos adolescentes sonríen a la cámara. Isaac la coge para verla más de cerca.

—El mayor se parece a ti.

Luego, como si hasta entonces no hubiese reparado en ello, se fija en el cuaderno de dibujo que hay al lado. Es un cuaderno viejo, con las esquinas dobladas y las páginas amarillentas. Isaac desliza los dedos por la desgastada cubierta.

—¿Puedo? —pregunta.

—Sí. También es tuyo.

No contesta, pero lo abre y pasa algunas páginas con los dedos temblorosos. Martín sabe de memoria qué hay en cada una de ellas: flores y plantas y más flores, una mano masculina con las uñas perfectas, el tronco retorcido de una mimosa en flor, algunos coleópteros, abejas, libélulas, mariposas y otros insectos pintados con acuarelas, el torso desnudo de un hombre sin rostro descansando en la orilla de un arroyo, archipiélagos, cielos algodonosos, piscinas llenas de agua, labios entreabiertos...

Isaac lo cierra de golpe. Luego mira alrededor.

—No deberías vivir en un hostal.

—¿Por qué? La cama es cómoda, hay espacio de

sobra para mis pocas pertenencias, las vistas de la pescadería de enfrente son fascinantes...

—Déjate de bobadas —gruñe—. Haz la maleta y ven a casa. Hay dos habitaciones vacías que nadie usa desde hace una eternidad. Además, no tienes buen aspecto.

—¿En serio?

—Sí, estás pálido.

Martín es incapaz de moverse del sillón donde está sentado cuando Isaac abre el único armario que hay y empieza a sacar las camisas y los pantalones para dejarlos sobre la cama. Podría negarse. Quizá debería hacerlo. Pero no quiere. No quiere.

VERANO, 1980

Estuvo tres días sin verlo y no precisamente porque lograse concentrarse en el trabajo; en realidad, todo lo que había intentado dibujar terminó antes o después en la papelera. Nada fluía como cuando estaba en aquel jardín que parecía encontrarse en el abismo del mundo. Pero necesitaba alejarse. Y pensar, aunque aún no sabía en qué. Había ido en dos ocasiones al bar y, en lugar de pedir su habitual gaseosa, eligió una copa al azar de entre todos los licores escarchados que había tras la barra. Ramón le dirigió una mirada llena de curiosidad, pero le sirvió de forma generosa.

—¿Un mal día, forastero?

—Ni siquiera lo sé. —Se encogió de hombros, dio un trago largo y tosió como un adolescente que acaba de probar el alcohol duro—. Joder.

—Es fuerte —constató el otro—. Pero al final uno se acostumbra a los sabores que entumecen el alma.

Cuando regresó a casa la segunda noche, abrió el grifo de la ducha y se metió dentro. El agua caliente lo acunó durante unos instantes y se quedó allí, quieto, en silencio. Les abrió la puerta a los recuerdos, aunque no estaba seguro de que antes se hubiesen molestado en llamar. Pensó en Isaac. En su voz ronca y su risa espontánea. En el lunar de su hombro. En el estómago de líneas duras bañado por el sol. En sus labios. Sus labios cálidos, prohibidos, húmedos.

Deslizó la mano por su propio cuerpo, dejó atrás el ombligo, llegó más abajo. Se tocó. Se acarició. Casi podía sentir otra vez la lengua de Isaac colándose entre sus labios mientras se abandonaba hasta que el rastro del placer desapareció por el desagüe. Luego, Martín tomó aire todavía bajo la ducha, giró el grifo, y el agua templada se volvió gélida sobre su piel. Se obligó a soportar aquella tortura durante unos minutos antes de salir y envolverse con una toalla de algodón.

VERANO, 1980

Casi había oscurecido del todo cuando llamaron a la puerta. Y era él, vestido con unos pantalones oscuros y una camisa con las mangas subidas a la altura de los codos y los primeros botones desabrochados. Como si quisiese recalcar lo diferentes que eran, Isaac parecía relajado y dueño de sí mismo, con una sonrisa deslumbrante.

—Hay fiesta en la plaza, ¿te apuntas?

—¿Fiesta? ¿Ahora? —Miró su reloj.

—Sí, Martín, ahora, ahora. Será divertido. Venga, que vamos a llegar los últimos. Coge las llaves o lo que sea y cambia esa cara que tienes, esa cara de...

—¿De qué? —gruñó.

—De estreñido.

Martín no respondió, quizá porque estaba ocupado valorando el plan que le proponía Isaac o porque tenerlo delante lo desestabilizaba demasiado y le hacía pensar en aquel beso que le había dado y en la culpa, la traición, la insólita novedad. Lo había meditado a lo largo de los últimos días, buscando entre recuerdos y ecos del pasado, pero no recordaba haber sentido nada parecido por un hombre. Los había conocido atractivos, sí, o de esos con tanta presencia que lo hacían encogerse en respuesta, pero jamás se había comportado de aquella manera: confuso, deslumbrado, desnudo, curioso, vulnerable.

—Dame unos minutos —logró decir.

—Cinco, no más. Te espero al final de la calle.

Transcurrido el doble de tiempo, lo encontró allí montado en su Vespino. Martín subió detrás y, tras dudar en un par de ocasiones, apoyó una mano en su hombro cuando el otro aceleró bruscamente. ¿Era la primera vez que montaba en moto? Sí, estaba seguro de que sí. Contra todo pronóstico, le gustó sentir el viento sacudiendo su rostro y revolviendo el pelo de Isaac. Lo asaltó un pensamiento que nunca había tenido viajando en coche: la certeza de que, mientras ellos se encontraban en movimiento atravesando la noche y las estrellas y la luna redonda, el resto del mundo permanecía cristalizado.

La plaza del pueblo vibraba cuando ellos llegaron.

La gente se había vestido con sus mejores galas, el bar estaba rodeado por una barra exterior en la que servían bebidas, y había varias mesas largas llenas de bocadillos que un grupo de mujeres repartían a los que esperaban haciendo cola.

—¡Isaac! —gritó alguien.

—¡A buenas horas, Isaac!

Los vecinos lo saludaban conforme se adentraron en la multitud. Martín permanecía callado a su lado, fascinado por la familiaridad que desprendía aquel lugar, esa sensación impensable en la ciudad de que todos se conocían y sabían quién era quién; que si la mujer de Paco, el sobrino del alcalde, la tía de la Dolores, los de la pescadería...

—Él se llama Martín. Estamos trabajando juntos en un libro —lo presentó ante un grupo de amigos que lo miraron con interés.

—¡El escritor! —exclamó una chica.

—No soy..., bueno, sí, eso —cedió.

Cuando la noche llegase a su fin, Martín asumiría que en aquel pueblo nadie recordaría jamás su nombre, porque el mote de «el escritor» cuajó incluso antes de que pudiesen conocerlo. Pero era mejor que otros que oyó con el paso de las horas, como el Sardina o Jaimito, que parecía propio de un chiquillo y pertenecía a un hombre de ochenta años de rostro apergaminado y escaso sentido del humor.

Martín devoró su bocadillo de lomo con pimientos mientras vagaban por la plaza hablando con los vecinos. Tal como había supuesto, aunque Isaac vivía a las afueras disfrutando de cierta soledad e independencia, se le daba de perlas el arte de socializar. Un halago por aquí para el peinado de la señora, una palmadita en la espalda al policía del pueblo, un chiste y dos trucos de magia para los niños más pequeños...

¿Cómo no encariñarse con él? ¿Cómo mantenerse inmune a sus encantos? ¿Cómo ignorar el magnetismo que desprendía a su paso?

—Venga, vamos a tomarnos un chupito de cazalla.

—¿Cazalla? —Martín lo siguió hasta la barra.

—¿No sabes lo que es? ¿Y cómo narices celebráis las cosas en Madrid? —Llamó al camarero por su nombre de pila y alzó dos dedos en alto—. Sabe a anís seco.

Mientras el hombre les servía la bebida transparente en vasitos minúsculos y alguien subía el volumen de la música que había empezado a sonar en la plaza, contempló la manera en la que Isaac se arremangaba; siempre empezaba por el brazo izquierdo y después el derecho, y lo hacía con firmeza, como si le molestase que la camisa se mostrase tan rebelde. «Quédate quieta ahí, maldición», parecía querer decir.

Cogió el chupito, se giró y le sonrió.

—¡Por el verano! —exclamó.

Martín asintió y se lo tragó de golpe. Tosió, como era de esperar. Isaac le rodeó la espalda con un gesto que desde fuera podría parecer tan solo amistoso, casi coloquial, pero él sintió la calidez de la punta de los dedos clavándosele en la piel.

—¿Le pones un vaso de agua? —pidió burlón al camarero.

—Marchando —contestó—. Imagino que no más chupitos.

—Pues ahora que lo dices, sírvenos otros dos. —Martín apoyó el dorso del brazo en la barra y le tendió un billete antes de mirar desafiante a Isaac.

—¿Estás seguro?

—¿Por qué no?

Isaac reprimió una sonrisa y volvieron a brindar. Después, pidieron un cubata y se sentaron en las sillas de plástico que habían dispuesto alrededor de la plaza tras la cena improvisada. Había grupos de jóvenes y parejas bailando en el centro que se movían con dudosa gracilidad al ritmo de una canción del Dúo Dinámico.

—Venga, Isaac, hijo, saca a mi Susana a bailar —le pidió una señora de cabello repeinado y cuello grueso que pasó por delante—. La pobre está loquita por tus huesos, y tú no te dejas atrapar de ninguna manera. No le hagas el feo.

—Pero, Manuela...

—¡Ni peros ni peras!

Él aguantó la risa cuando Isaac se levantó de la silla y lanzó un suspiro. Lo vio atravesar la plaza hasta la tal Susana, que aguardaba en una esquina sin quitarle los ojos de encima, igual que varias chicas más a su alrededor. Martín fue a por el segundo cubata cuando después le tocó el turno a otra, en esta ocasión rubia y con un vestido corto azul. Se lo tomó a sorbos pequeños mientras Raphael cantaba aquello de «yo te amo con la fuerza de los mares, yo te amo con el ímpetu del viento, yo te amo en la distancia y en el tiempo...». Isaac la hacía girar al ritmo de la música, y ella reía y reía bajo las luces de la plaza y las campanadas de la iglesia, que anunciaban que se acercaba la madrugada.

Había algo hipnótico en aquel lugar. Quizá era la manera de vivir, que aquellos días festivos fuesen los más importantes del año y que los pasasen todos juntos como una gran familia. Y él se sintió arropado, incluso cuando una joven se acercó para indagar sobre lo que estaba escribiendo. O cuando Pilar, la de la floristería, se empeñó en que bailase con ella a pesar de que existían pocas cosas que a Martín se le pudiesen dar peor. O al notarse acalorado en la noche húmeda y pensar, de pronto, que se sentía lejos, lejísimos, de Madrid y de Candela y de sus hijos...

—Sigues manteniéndote en pie por ti mismo —se burló Isaac por encima de su hombro tras acercarse a él por detrás—. Enhorabuena, chico de ciudad.

—Me subestimas.

—Empiezo a pensar que sí.

Víctor Manuel sonaba a través de los altavoces con su *Solo pienso en ti*, y la plaza se llenó de color entre el vuelo de las faldas al ritmo de la melodía.

—Voy a refrescarme a la fuente, ¿vienes?

—Claro. —Martín lo siguió.

Los sonidos de la fiesta se volvieron amortiguados conforme se alejaron. Giraron a la derecha y luego hacia la izquierda para adentrarse en una calle más estrecha. Isaac siempre iba un paso por delante. La fuente, encajada en la pared de piedra, exhibía la cabeza de un león. Martín se mantuvo en silencio mientras lo veía beber y luego mojarse las manos para pasárselas por la cara, el cuello y el cabello.

—Deja de mirarme así.

—Así ¿cómo? —Sonrió.

—No me tientes, Martín...

Pero habían ido demasiado lejos.

Y horas más tarde, cuando Martín rememorase el momento, no recordaría exactamente cómo sucedió, pero sí que los dos acabaron el uno frente al otro al lado de la fuente. También que el rostro de Isaac estaba a centímetros del suyo y le sonreía.

En esa ocasión no hubo nadie que besase primero, sino un encuentro inevitable a medio camino. El corazón de Martín, lejos de sobresaltarse por el miedo, se apaciguó. Su cuerpo se ablandó para adaptarse al de Isaac, los músculos perdieron rigidez y se oyó gemir en la cavidad de aquella boca que sabía a anís y a lo inalcanzable.

—Van a vernos. Alguien nos verá.

Notó la sonrisa de Isaac en los labios.

—¿Dónde está la gracia, si no?

—Eres un imbécil, ¿lo sabías? —gruñó Martín, pero no se alejó de él. Quería otro beso. Y otro chupito de aquella bebida que quemaba. Y más. Más de aquello que era tan excitante, capaz de romper la simpleza de su vida—. ¿Por qué bailas con esas chicas?

—¿Por qué no? —Se frotó contra él.

Martín quiso insultarlo, abrazarlo, tocarlo.

—¿Piensas casarte con alguna?

—Es evidente que no. —No dejó de sonreír cuando su mano descendió, le apretó la cadera, siguió más abajo hasta rozarle el botón de los pantalones.

—¿Crees que ellas lo saben?

—Lo dudo. Los vecinos de este pueblo son buena gente, pero ven lo que quieren ver. Su concepto de libertad podría caber dentro de una cáscara de nuez.

Martín estaba a punto de volver a besarlo cuando oyeron pasos y voces. Se separaron, aunque ninguno apartó la mirada del otro. Tres señoras cogidas del brazo se acercaron tambaleantes hacia la fuente sobre sus inestables zapatos de tacón.

—Ay, Isaac, por aquí andas —dijo una de ellas—. Tienes a la mitad del pueblo suspirando por ti. A ver si vas pensando en sentar la cabeza.

Y ellos se echaron a reír ante la mirada confusa de las mujeres cuando Isaac contestó que él era más de volar de flor en flor como las abejas. Luego, se encendió un cigarrillo, le pasó un brazo por los hombros a Martín y se alejaron.

Horas más tarde, bien entrada la madrugada y tras varias tandas de chupitos, tuvieron que dejar la moto aparcada cerca de la plaza y regresar a pie. Los dos fumaban. De vez en cuando se reían, alzaban la vista al cielo cuajado de estrellas, se besaban en algún rincón como si deseasen que todo el mundo los viese hacerlo. Martín, delante de la puerta de la casa de su jefe, encontró las llaves al tercer intento. Isaac tenía las manos metidas en los bolsillos y se balanceaba adelante y atrás cuando preguntó:

—Entonces, ¿nos vemos mañana?

—Sí, mañana.

—Vale.

—Vale.

Durante el resto de su vida, cuando Martín tuviese que evocar el erotismo, siempre regresaría a ese instante. La sutil manera en la que Isaac coló tres dedos en su cinturón marrón y tiró de él con suavidad para darle un beso fugaz, de esos tan etéreos que al amanecer uno duda sobre si realmente han existido.

PRIMAVERA, 2018

—En el armario hay sábanas limpias.

—De acuerdo. Gracias.

—Y la ventana se atasca, tiene truco. Mira, tiras hacia dentro y luego giras la manivela, ¿lo ves? De todas formas, le pondré aceite.

—No será necesario. Esto es perfecto.

—En cuanto a la compra...

—Tengo dinero —dice Martín.

—No iba por ahí —replica Isaac—. Suelo hacerla dos veces a la semana, así que si quieres algo especial déjalo anotado en la lista que hay en la nevera.

—Vale. De todas formas, deberíamos hablar de los gastos. Podría pagarte lo mismo que abonaba en el hostal. Creo que sería un trato justo.

—Deja de decir tonterías.

Y después se marcha dando un portazo. Martín sonríe porque esa actitud de él le trae viejos recuerdos. Le gusta que siga siendo un hombre de ideas fijas. Nada de navegar entre grises, siempre fue más de tomar impulso para saltar del blanco al negro.

A pesar del cansancio, Martín deshace su equipaje.

Luego, sale y encuentra a Isaac arreglando el jardín bajo el sol primaveral. La juvenil gorra de béisbol que lleva puesta no podría quedarle bien a ningún hombre de sesenta y siete años, pero debe admitir que él la defiende con bastante dignidad. Probablemente la ganase en alguna tómbola o la comprase en el mercadillo que hay en el pueblo cada miércoles.

Le gustaría acercarse y ayudarlo, dar unos cuantos golpes con la azada o quitar malas hierbas, pero su cuerpo tembloroso se lo impide, de manera que se sienta delante de la mesa que compartieron cada atardecer. Lo mira en silencio. Más allá de Isaac y de todo lo que representó para él, hay algo que siempre echó de menos de aquel lugar: la vida contemplativa. No cree que tuviese una visión bucólica del campo ni que la memoria haya distorsionado los recuerdos. En aquel jardín, Martín se miró hacia dentro lejos del ruido de la ciudad, se permitió coger un bisturí para abrirse y conocerse. Pero, al regresar a Madrid, los días volvieron a ser cortos y arrolladores como un tren de mercancías.

Ahora piensa que podría quedarse ahí eternamente. No necesita nada más.

El aire es templado y el sol suave, la luz mostaza se derrama por el monte, los abejorros aletean alrededor y huele a romero y a lavanda. Cuando termina de trasplantar un par de dalias, Isaac prepara un plato de fruta y se sienta junto a él.

—¿Has seguido viviendo solo todo este tiempo?

Isaac pincha una rodaja de plátano y lo hace esperar.

—No.

—¿Cómo se llamaba?

—Gauthier.

—Qué exótico.

—Era francés —explica—. Nos conocimos en la

playa. Me aficioné a la pesca durante una breve temporada y, bueno, allí estaba él. Uno de esos aventureros que van por ahí con la mochila a la espalda y dos duros en los bolsillos.

—Se parecía poco a mí.

Martín no sabe por qué piensa eso o, mejor dicho, en qué momento cree que es buena idea decirlo en voz alta. El caso es que le impacta imaginar a Isaac junto a alguien tan distinto de él. ¿Llevarían los dos la iniciativa? ¿Tendrían una relación abierta y visceral? ¿Llegaron a saber tanto el uno del otro en apenas un verano como ellos hicieron asediados por las prisas de escarbar en el corazón ajeno?

—¿Qué esperabas? ¿Que te buscase un sustituto? No, no, de eso nada. Si alguien decide irse, adiós, muy buenas, y hasta la próxima. Además, quería algo fácil, sin líos.

—¿Y lo tuviste?

—Supongo que sí.

—¿Cuánto tiempo?

—Doce años.

—Vaya. ¿Y qué pasó?

—Pasó la rutina, el desgaste, la vida. Yo qué sé. Esas cosas suceden: una mañana te levantas y te das cuenta de que te da igual seguir adelante solo o acompañado. Y entonces no hace falta más, no hay dudas ni dolor, todo está claro.

—¿Y se marchó?

—Tal como llegó, mochila al hombro y algo de dinero. Todavía nos mandamos cada año una de esas tarjetas navideñas que venden en la papelería.

—Imagino que las señoras dejaron de intentar emparejarte.

—Sí. Durante un tiempo dejé de ser el hijo de la Bernarda y pasé a ser el maricón oficial del pueblo. —Se encoge de hombros—. Luego, las aguas volvieron a su cauce.

—¿Fue duro?

—Tenía a Gauthier.

—Sí que lo fue —adivina.

Nota que Isaac se cierra. Permanecen en silencio, pero Martín sabe que ambos son dolorosamente conscientes de la presencia del otro. Come un trozo de kiwi y otro de pera, que está demasiado dulce. No entraba en sus planes insistir porque piensa que, como hizo lo que hizo, no tiene derecho a descubrir qué ocurrió en su ausencia, pero no logra contener el impulso.

—¿De verdad no piensas contármelo?

—¿Qué quieres saber? —gruñe.

—Todo. Quiero saberlo todo.

Entonces Isaac habla y los vacíos se van rellenando.

Le cuenta que le abrió las puertas a Gauthier. Le cuenta que cuando su estancia se alargó empezaron las habladurías en el pueblo, que se volverían constantes. Le cuenta que los vieron juntos. Le cuenta que aquellos vecinos que lo adoraban le dieron la espalda, aunque él era el mismo, con sus dos manos y sus dos piernas, las orejas iguales, los ojos del tono azul habitual. Le cuenta que los insultos (maricón-maricón-maricón) fueron heridas de las que aún quedan cicatrices. Le cuenta que se aisló cada vez más en su casa, con sus flores, con su tierra, con sus libros, con su dolor. Le cuenta que también se volvió arisco y desconfiado. Le cuenta que no le dio pena dejar atrás las sombras de los ochenta y que el anhelo de libertad nunca desapareció.

Le cuenta, le cuenta.

Isaac se lo cuenta todo.

VERANO, 1980

Zragggg, zragggg. El sonido del lápiz rozando el papel lo acompañaba esa calurosa mañana. Un poco más alejado, Isaac adelantaba trabajo en el jardín porque por la tarde tenía que ir al pueblo vecino para arreglar unos desperfectos. Martín se sentía como un chiquillo de quince años que deseaba pedirle que no se marchase, que se quedase allí con él sin hacer nada, sin pensar en nada, viviendo en aquella nada tan maravillosa.

Bajo la sombra de la mimosa, la vida parecía ridículamente sencilla. Uno podía abandonarse con egoísmo al placer, al dibujo y al deseo.

Tumbado en el suelo, se giró de costado cuando él se acercó. Martín se echó a reír al verlo coger un cubo de agua fresca y tirárselo por la cabeza para deshacerse de los restos de tierra y de sudor. Luego, Isaac se acomodó a su lado.

—¿Has avanzado? —le preguntó.

—Bastante. De hecho, a finales de semana iré a Correos y le enviaré a mi jefe la primera mitad, todo lo que tengo pasado a limpio. Por cierto, ¿para qué servía el baladre?

—Enjuagues para el dolor de muelas.

—¿Y la remolacha?

—Sube la tensión.

Martín tomó algunos apuntes en sucio y luego cerró el cuaderno y se tumbó boca arriba. Unos cirros cubrían el cielo, sus filamentos largos y delgados formaban líneas sinuosas como carreteras que no conducían a ninguna parte.

—Anoche soñé que estaba atrapado en un laberinto y que por más que corría y corría no conseguía encontrar la salida —confesó en un susurro.

—Anoche estabas borracho.

—Por eso sé que había verdad en esa pesadilla. —Martín tomó aire y luego dejó salir las palabras que revoloteaban en su pecho como pajarillos atrapados—. Es raro sentirse perdido cuando no se trata de un lugar. No me he equivocado de autobús, no me he desorientado al visitar una ciudad que no conozco. Es algo más profundo, más..., ¿cómo explicarlo? La sensación de estar buscando un objeto cuando lo sostienes justo en la mano. O tener una palabra normal y corriente en la punta de la lengua y no conseguir que salga, como «sofá» o «tortuga». Te sientes inútil. Me siento inútil.

—Si lo fueses, no serías consciente de que estás perdido. Los inútiles nunca saben ese tipo de cosas y rara vez piensan que están equivocados. Por eso son lo que son.

Martín sonrió y lanzó un suspiro.

—Tengo la sensación de que nunca nadie se ha molestado en conocerme de verdad. Algunas partes aquí y allá, eso sí. Pero es como si no importasen los detalles.

—¿Qué tipo de detalles? Cuéntamelos.

—No lo sé, tonterías. Como que me gusta el olor de la madera quemándose en la chimenea o la textura de la pana. También los días plomizos, cuando uno duda sobre si lloverá o no y todo el barrio se pasa la jornada echando la vista al cielo y diciendo cosas como «está a punto de caer» o «mucho ruido y pocas nueces». Y el sonido de la máquina de escribir al teclear. Qué sonido. Qué... reconfortante. Casi tanto como la voz de Bob Dylan, me encanta ese tipo, siempre consigue que se me ponga un nudo en la garganta solo con oírlo cantar, aunque no tenga ni idea de qué narices dice la letra. También me gustan los polos de hielo, con esos colores tan llamativos..., pero hace años que no los pruebo porque Candela dice que son «para niños» y que sería ridículo; probablemente tenga razón, es una de esas imágenes raras, como un hombre tomándose un batido de fresa con una pajita o llevando un globo en la mano.

—Y ahora yo sé todo eso y no lo olvidaré.

Tembló al notar la mano rugosa de Isaac en su mejilla. Lentamente, los dedos se desviaron para trazar la línea curva de los labios y bajaron hasta la barbilla.

Abrió los ojos. Cogió a Isaac del cuello abierto de la camisa y tiró de él con decisión juntando sus bocas. No fue un beso inocente ni suave. Fue intenso. Tumbados sobre la hierba, las piernas de Isaac se enredaron entre las de Martín. Su cuerpo no opuso resistencia ante sus caricias bajo la camisa arrugada, el ojal del botón cedió a lo inevitable y aquella mano lo tocó por encima de los pantalones hasta que Martín rogó más y los dedos se internaron bajo la tela.

El placer.

Un placer violento e indomable.

Quiso dar lo mismo, por eso palpó y buscó entre los pliegues de la ropa de Isaac hasta acogerlo con la mano. Este lo miraba a los ojos y supo que nada se interponía entre ellos en ese preciso instante, quizá sí una hora más tarde, o dos o tres, pero no entonces. No había defensas ni barreras, tampoco bruma; la luz lo cubría todo.

Isaac lo besó y dijo contra sus labios:

—Tócame como te tocas tú.

—Lo hice. —Martín gimió, se arqueó y las manos de ambos se movieron más rápido una junto a la otra—. Lo hice hace días en la ducha pensando en ti...

—Ya lo sé. Lo sé —le susurró.

LOS AROMAS DEL CORAZÓN

Existen pocas cosas más sensoriales que los aromas; se captan a través de la mucosa del epitelio olfativo y son conducidos al sistema límbico, que es el responsable de los sentimientos y el afecto. Se dice que una persona normal y corriente puede llegar a distinguir quinientos olores; muchos de ellos nos avisan de peligros cotidianos como el fuego o la comida en mal estado; otros están anclados a emociones y recuerdos; y luego, guardados con mimo y de forma precisa, hay unos pocos que le pertenecen al corazón y se manifiestan para evocar a las personas que hemos amado.

Si Martín tuviese que hacer un recorrido por su vida a través del olfato, debería empezar por el mismo instante en el que salió del vientre materno y lo depositaron sobre la piel desnuda tras el parto: un recién nacido distingue el olor de su madre. Después avanzaría por su infancia recordando las torrijas que hacían en casa los domingos, su abuela y la naftalina, el aroma de las mandarinas maduras cuando iban al campo de sus tíos, el del puro que su padre se fumaba tras recibir buenas noticias en el trabajo o el de la colonia Eau de Rochas, porque casi todas las mujeres, incluida su madre, comenzaron a usarla en la década de los setenta. Luego llegaría Candela con su perfume dulzón, tan fuerte que recordaba a algún lugar árido, pero precisamente debido a su potencia él siempre tendría la sensación de llevarlo también adherido a la piel, como partículas de ella uniéndose a las suyas hasta formar otro aroma único: el de sus hijos.

Martín se detendría ahí, justo ahí, más tiempo de lo necesario. El reloj se pararía cuando Daniel o Sergio se quedasen durmiendo en sus brazos siendo dos bebés llenos de pliegues. Él se inclinaría hacia ellos y hundiría la nariz en sus cabecitas peludas para llevarse ese olor que nunca volvería, el de la inocencia, la leche, la paz, la infancia.

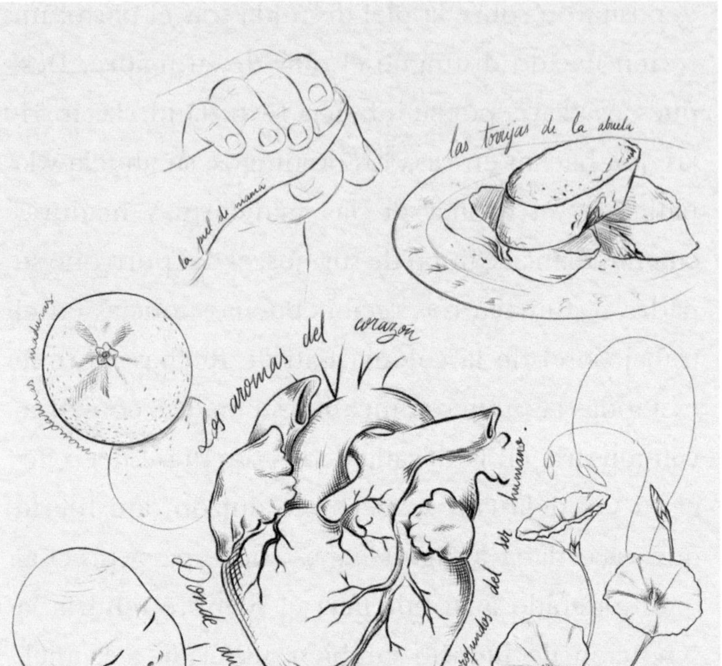
la piel de mamá
las torrijas de la abuela
mandarinas maduras
Los aromas del corazón
Donde duermen los sentimientos más profundos del ser humano.
mis dos hijos
las flores...
el perfume de Candela

Y entonces, lejos de la esencia de Madrid, aparecería Isaac.

Él, que sería bergamota y flores. Los dedos impregnados de tabaco y flores. Los labios de lluvia y flores. El cuello evocando verano y flores. La ropa a algodón y flores. El pelo al agua del arroyo y flores. Las manos a tierra y flores. Su casa a comida y flores. La terraza envuelta en el aroma del limonero y más flores. El sexo, a deseo y flores. El amor, miel caliente y flores.

A menudo se preguntaría qué sería de él si su historia con Isaac no hubiese tenido un punto final, sino tan solo una coma, y él se hubiese quedado flotando entre todas aquellas flores. Quizá los olores que llegaron después serían distintos. O quizá no. Ya había cumplido los cuarenta cuando se enfrentó a uno que odiaba con inquina: el de los hospitales. ¿Cómo era posible que un lugar tan esterilizado, frío y carente de personalidad pudiese poseer un aroma tan peculiar? Martín sentía que se le pegaba al cuerpo y cuando llegaba a casa recordaba frotarse obsesivamente debajo de la ducha con la esponja llena de jabón hasta dejarse la piel enrojecida.

Luego llegó la calma. De vez en cuando, alguna novedad como el olor de una chimenea, un suavizante que prometía en vano evocar el mar o una noche en una terraza cerca de un jazmín que trepaba silencioso, pero, en general, los aromas se irían repitiendo como si formasen parte de un engranaje que vive de recuerdos aprendidos.

Y, finalmente, como si Martín se hubiese pasado toda la existencia corriendo en círculos dentro de la esfera de un reloj, volvería a él y las flores.

VERANO, 1980

—Perfecto, entonces iremos a la boda.

—Sí —confirmó él.

—¿Ha dicho algo tu madre?

—¿Mi madre? ¿Sobre qué?

—¿Pues sobre qué va a ser, Martín? Sobre tener que quedarse con los niños, claro. Seguro que opina que mi prima debería haberla invitado también a ella.

—¿Por qué tendría que pensar eso?

—Por extensión. Es lo que se hace en las bodas, invitas a un familiar y a sus padres y a los amigos de los padres y cuando te quieres dar cuenta no conoces a la mitad de los asistentes. Es inevitable: en la nuestra también ocurrió.

—Tanto como inevitable...

—¿Qué insinúas, Martín?

—Nada. —Luego cambió de opinión sin saber por qué. A fin de cuentas, ¿qué importaban ahora las vicisitudes sobre una boda celebrada hacía años?—. Aunque, echando la vista atrás, quizá no tendríamos que haber invitado a la mitad de los asistentes. ¿Con cuántos seguimos manteniendo el contacto?

—Sabes que mi padre tiene muchos amigos, Martín.

—Ya, aunque no era su boda.

—Pero sí la de su hija. Además, se hicieron cargo del banquete y de mi vestido de novia. Y si invitaba a un compañero de trabajo no iba a dejar de hacerlo con los demás, eso habría sido... desconsiderado.

—O razonable. Un acto sincero.

—¿Se puede saber qué te pasa?

—Yo... yo he...

Se calló al notar las palabras atascándosele en la garganta como espinas de pescado que se hubiesen quedado atravesadas.

—Estás muy raro, Martín.

Ring, ring, ring.

Permaneció unos segundos contemplando el teléfono, con todos esos números perfectos dentro de cada agujero. Pensó en ignorarlo, por un momento se le pasó por la cabeza, y después se dijo que aquella era una idea de lo más estúpida.

—Hola, Candela.

—Ya estaba a punto de colgar.

—Perdona, me pillaste en la ducha. —Mentira, mentira, mentira. Quiso decir: «Me pillaste navegando entre un mar de dudas y culpa»—. ¿Qué tal el día?

—Podría haber sido peor. ¿Sabes que a Paulina le han diagnosticado una enfermedad mental? Se la han llevado los del psiquiátrico.

—Ya será menos...

—No, qué va. Todos en el edificio lo hemos visto. Gritaba y se defendía con uñas y dientes. Ay, Paulina. No era una mala vecina, ¿verdad? Aunque tenía esa manía de mover los muebles a la hora de la siesta, vete tú a saber por qué.

—¿Cómo están los niños?

—Insoportables. ¿Te conté que mis padres se están haciendo cargo de las clases de una profesora particular de piano? Sergio no atina ni media.

—¿Piano? Pero ¿desde cuándo...?

—Unos días después de irte —lo interrumpió ella—, resulta que vi el anuncio en una revista que leía en la peluquería y me pareció una buena idea.

—No creo que ningún niño al que jamás le haya interesado la música quiera pasarse el verano dando clases de piano. Además, es tirar el dinero.

—Bueno, no es tu dinero.

—Ya, pero aun así...

—De hecho, deberíamos hablar del asunto económico...

—Ahora no, Candela.

—No podemos retrasar el tema eternamente.

—Pero ¿qué tema? Si todo está bien, tengo trabajo, los críos están contentos en ese colegio, vivimos muy por encima de lo que otros soñarían...

—Martín, a mí lo que hagan los demás ni me va ni me viene. La otra escuela ganó el año pasado el campeonato de ajedrez. Y sabes que no es solo eso, sino todo lo demás. ¿Acaso renunciarías a tanto aceptando ese puesto de trabajo que te ofrece mi padre?

—Mi dignidad, para empezar.

—No digas tonterías.

—Me gusta mi trabajo. Me gusta mucho. Ya hemos tenido antes esta conversación, no creo que sea el mejor momento para volver sobre lo mismo...

—No eres razonable. ¿Quieres pintarrajear cosas? ¡Pues vale! Hazlo en tu tiempo libre o durante las vacaciones de verano. Pero el resto del año sé un hombre. ¿Acaso no debería satisfacerte la idea de mantener a tu familia?

—Yo... yo he...

Otra vez las palabras resistiéndose, las espinas bien ancladas en la carne blanda y él tragando saliva con brusquedad para intentar arrastrarlas en vano.

—Tengo que colgar, viene Patri a tomar café.

—Candela... —Tomó aire.

—Mañana lo hablamos.

Ring. Descolgó al primer timbrazo. Lo hizo porque, después de pasar el día junto a Isaac montado en su Vespino con el aire azotándole el rostro y el sol sobre los hombros, se había quedado el resto de la tarde solo en aquella casa silenciosa, con una botella en la mano que le había comprado a Ramón a precio de oro y la mirada clavada en el teléfono.

Tenía que hacerlo. Tenía que decírselo.

Era algo que supo desde el momento en el que se desató aquella tormenta y sus labios encontraron los de Isaac. No era uno de esos hombres que pudiesen seguir adelante como si nada pasase, a pesar de que habría sido fácil. Solo tendría que fingir que no ocurría nada, terminar el trabajo, regresar a casa y decirle a su mujer que la quería. Retomaría su vida justo donde la dejó e ignoraría lo que comenzaba a sentir por otra persona. Porque, para empezar, ¿de qué se trataba exactamente? Martín no se atrevía a ponerle nombre. ¿Enamorarse era así?, ¿esa emoción cálida, embriagadora y envolvente? Ya no recordaba cómo había sido con Candela. Hacía años de aquello. Si echaba la vista atrás... Si lo intentaba con todas sus fuerzas cuando por las noches no conseguía conciliar el sueño... Entonces, la veía con su lazo de terciopelo, su sonrisa maravillosa o la delicada mano en contraste con el tirón decidido que siempre le daba a la suya.

—Yo... yo he...

—¡Tienes que hablar con Sergio! —exclamó alterada—. No te vas a creer lo que ha hecho hoy. Por lo visto, tras la caseta del conserje del parque una gata tuvo una camada. ¿Y quién creyó conveniente llevarse a uno de los gatitos en la mochila? Sí, tu hijo. No contento con eso, se fue a las clases de piano con él. Adivina qué respetable profesora les tiene alergia a esos diabólicos animales...

—No lo haría con esa intención, Candela.

—La cuestión es que lo ha hecho. Habla con él.

Hubo unos instantes confusos mientras su mujer llamaba a gritos al niño y este accedía a ponerse al teléfono. Martín, todavía con el líquido caliente quemándole la garganta para encontrar el valor que no tenía, lanzó un suspiro. Dejó la botella a un lado, aunque era posible que en aquellas circunstancias también fuese a necesitarla.

—¿Puedes explicarme lo que ha ocurrido?

—¡El gatito estaba solo! Oí a unos niños decir que otros más mayores le habían hecho daño al resto de la camada para divertirse. Y tampoco había rastro de su madre.

—Entiendo...

—Quería salvarlo.

—¿Se lo has dicho a mamá?

—Pff, como si eso le importase...

—Seguro que sí. Explícaselo con calma, sin ponerte nervioso. Y prométeme que la próxima vez no harás algo así a escondidas, Sergio. Cuenta hasta cinco antes de actuar.

—¡Era la única manera! Sabes que a mamá le habría dado igual, ahora tan solo le importan esas estúpidas clases de piano...

—¡Sergio, no hables así!

—Es por el niño ese, el hijo de su amiga. Resulta que es un prodigio del violín o algún instrumento de esos, y mamá no soporta perder cuando compiten entre ellas...

Martín alargó la mano para coger la botella de licor que había dejado sobre la repisa. Le dio un trago largo. A la mierda todo. A la mierda. ¿Qué más daba? Le picaban los ojos, pero parpadeó para ignorarlo. Durante la mayor parte del tiempo se sentía como si estuviese viviendo el mejor y el peor momento de su existencia, oscilando de un lado a otro como un maldito péndulo sin control. Pudo imaginar un pedazo de su corazón, pequeño pero sano, enraizando en la tierra con lentitud en algún lugar del jardín donde se perdía cada día, separándose del resto, de esa parte mucho más grande que seguía adelante con sus problemas, sus conversaciones pendientes, sus clases de piano, sus suegros entre las sombras, sus aspiraciones mermadas, su frivolidad y su hogar y su vida...

—¿Puedes decirle a tu madre que se ponga al teléfono?

—Sí. ¿Cuándo vas a volver, papá?

—Pronto. Te lo prometo.

Sergio se despidió antes de ceder el aparato, pero habría notado que ella estaba de nuevo al otro lado incluso aunque su hijo no le hubiese dicho adiós, porque conocía la respiración de su mujer.

—Seguro que has sido demasiado blando...

—Flexible. Quería salvar a un gato, la intención también importa. Mira, Candela, nuestro hijo tiene buen corazón, no lo estaremos haciendo tan mal...

Un silencio gélido al otro lado.

—Tengo que colgar.

—Candela, espera...

Martín se contuvo para no lanzar volando el teléfono cuando oyó el tono de la línea. La botella. Eso era. ¿Dónde había dejado la botella...? Ah, ahí estaba.

Ring, ring, ring, ring, ring...

—¿Se puede saber dónde estuviste ayer? No hubo manera de localizarte y ya era tarde cuando te llamé. —Una pausa larga—. Martín, ¿estás ahí?

—Sí.

—¿Qué pasa?

—No lo sé...

—Habla.

—Candela...

Apoyó la frente en los azulejos fríos de la pared. Apretó con más fuerza el aparato que sostenía en la mano derecha, pegado a su oreja. Sintió las lágrimas calientes brotando silenciosas. Estaba temblando de la cabeza a los pies.

—Di lo que sea que ocurra.

Y entonces comprendió que ella lo sabía. Ya lo sabía. Claro que sí. ¿Cómo iba a pasarle desapercibido algo así? Candela era audaz, era una mujer inteligentísima.

—Yo he... he conocido a alguien.

Hubo una pausa dramática, como cuando en una obra de teatro desaparecen los protagonistas antes de volver a salir tras el telón con un cambio de vestuario.

—¿Y ha sido lo que esperabas?

—No... No. —Confuso, negó con la cabeza e intentó reordenar esas emociones que parecían suspendidas en una tela de araña—. Nunca esperé nada así. No era algo que estuviese buscando. Ni siquiera sé lo que significa.

—Significa que eres débil, Martín.

—Lo siento. —Se humedeció los labios y notó el sabor salado de las lágrimas. Cerró los ojos, todavía con la frente apoyada sobre los azulejos—. Lo siento mucho.

Luego se sucedió un largo silencio hueco, y Martín tardó varios segundos en darse cuenta de que ya no había nadie al otro lado de la línea. Candela había colgado.

El teléfono sonó con insistencia. Martín se levantó de la cama con movimientos robóticos como si hubiese estado esperando aquella llamada. De hecho, probablemente era lo que hacía. Por eso no podía dormir y llevaba horas contemplando el techo del dormitorio como si ahí fuese a encontrar todas las respuestas que no tenía. Encendió la luz de la cocina y se fijó en la hora que marcaba el reloj: las tres y cuarenta y dos minutos de la madrugada. La noche pareció apretarse en torno a su corazón cuando descolgó.

—Este es el plan —la voz de Candela era firme, aunque él la conocía lo suficiente como para atisbar un leve temblor—: haz lo que tengas que hacer. Diviértete. Finge que tienes veinte años, si eso es lo que echas de menos. Pero después...

—Candela...

—Después cerrarás esa puerta, regresarás a Madrid y aceptarás el puesto de trabajo que mi padre puede conseguirte en el colegio privado. Y seremos una familia, como siempre lo hemos sido. Así que no se te ocurra volver a casa hasta que lo hayas terminado todo, ¿me oyes, Martín? Y no hablo tan solo de la maldita enciclopedia.

Martín sollozó. Quería decirle que la quería, de verdad que sí, pero de una manera diferente de como lo hacía diez años atrás. Y deseaba profundamente poder explicarle cómo se sentía; en realidad, le habría encantado hacerlo mucho antes, meses atrás, quizá años. Hablarle de que se encontraba perdido, de que no sabía quién era, de que en ocasiones notaba que la vida era como una soga al cuello que cada vez apretaba más...

Pero Candela ya había vuelto a colgar el teléfono.

¿QUIÉN?

—A veces creo que tengo el corazón lleno de polvo.

—Es lo más triste que he oído jamás.

La cuestión es: «¿Quién se lo dijo a quién?».

VERANO, 1980

Las sábanas olían a un detergente fresco. Con la cabeza apoyada en la almohada, Martín giró la cara y contempló el cielo, de un azul petróleo. No era su cama. No era su casa. No era la mano de su mujer la que le acariciaba el pelo con parsimonia. Y sentía que aquel cuerpo desnudo pegado a su espalda lo sostenía frente al abismo.

—Estás pensando demasiado… —le susurró Isaac.

No replicó, aunque, en realidad, lo que hacía era recordar. No se iba lejos, apenas unos minutos atrás, media hora, cuando lo había abordado al entrar en la casa y sus bocas se habían fundido en una como si se muriese de sed por él. Aquella vez no había sido un beso distraído ni juguetón, tampoco tierno ni cauto. Había sido... apremiante. Y húmedo. Y electrizante. Luego, Martín lo buscó. Palpó su excitación por encima de los pantalones y deseó que estos no estuviesen, que no llevasen ropa, que nada se interpusiese entre ellos. Se movieron por el salón. El botón de una camisa rodó por el suelo. Hubo jadeos y caricias rápidas. Llegaron hasta el dormitorio. Y entonces, cuando sintió el cuerpo de Isaac sobre el suyo mientras seguían besándose, fue como si estuviese precipitándose al mar desde un acantilado alto, altísimo, y por un instante el vértigo lo dejó paralizado.

—Martín, ¿qué te ocurre? —Lo miró.

—Nada. Nada. —Atrapó el cabello de Isaac entre sus dedos e intentó volver a besarlo, pero el otro se apartó—. Es solo... Que es distinto. Que no me conocía así.

Isaac sonrió de esa manera que a él lo hacía delirar.

—Pero quieres esto. Lo quieres.

—Lo quiero —repitió Martín.

—Pues haz conmigo lo que tanto deseas —susurró en su oído mientras frotaba su miembro contra el de él, y cada centímetro del cuerpo de Martín se encendió como no lo había hecho en mucho tiempo, como si le perteneciera y acabase de despertar.

La vida pareció condensarse en ese instante, a pesar de que sabían que el punto final ya estaba trazado con tinta indeleble. Al principio se sintió torpe, casi inexperto, porque aquel cuerpo de líneas duras y marcadas era diferente de las formas blandas que conocía. Y no era ella, era él. Pero, tras las primeras caricias, cada movimiento se volvió más preciso, más íntimo, más lánguido; y ya solo hubo carne y piel y sudor y saliva y lenguas y gemidos ahogados y un deseo palpitante en pleno atardecer.

Ocurrió algo trascendental en el recorrido de aquel viaje, a medio camino entre probar el sabor salado del otro o sentir cómo entraba en el cuerpo de Isaac, y fue entonces cuando Martín se reconoció en toda su dimensión y se hizo dueño de sí mismo. Comprendió que estaba tomando una decisión. Equivocada, quizá. Egoísta, eso seguro. Íntima, porque abrió una brecha en él. E insensata, porque le costaría el corazón. Pero suya. La decisión fue completamente suya hasta acabar exhausto con la frente perlada de sudor contra aquel pecho que subía y bajaba al ritmo de cada respiración. Entre la neblina de los segundos posteriores, la voz que habitaba en su cabeza le susurró bajito: «Cuando estés a las puertas de la muerte, recordarás esto». ¿Y qué finalidad tiene la vida si no es recoger momentos que nos llevemos a la tumba? Así que lo hizo. Se guardó el instante en el bolsillo y pensó que ya nada ni nadie podría arrebatárselo.

Luego, tras una ducha, se quedaron tumbados en la cama.

—¿Has oído hablar del mutualismo animal?

—No. —La boca de Isaac se movió contra su nuca.

—Pero sabes lo que es. La forma más conocida es la polinización: los insectos y las aves expanden el polen de las flores a cambio de alimentarse del néctar. Hay otros animales que actúan igual; normalmente, uno de los dos es más fuerte, pero, en esencia, se trata de un intercambio. Como las morenas y las gambas rojas, que les limpian los dientes a cambio de su protección, o los pájaros y los búfalos.

—¿Intentas decirme algo?

Martín era sorprendentemente consciente de todo lo que lo rodeaba: el calor de Isaac apretándose contra él con suavidad, el farolillo de la terraza encendido que pronto se llenaría de polillas, pequeños insectos y alguna mantis religiosa atraída por la luz, el estridular de los grillos en plena época de cortejo o la ausencia de viento.

—Creo que las relaciones afectivas son así.

—¿Como la polinización?

Martín asintió y pensó de nuevo en su teoría de los archipiélagos: en esos momentos era una isla de terreno arcilloso y con altas montañas puntiagudas.

—Sí. Todos buscamos algo en el otro, aunque sea de forma inconsciente. Incluso cuando acogemos a una mascota queremos cariño, compañía, fidelidad, qué sé yo.

—No tiene por qué. Quizá uno solo tenga intención de divertirse.

—Eso ya es «algo», Isaac.

—Entonces, ¿qué buscas tú?

—No lo sé.

—¿Cómo puedes no saberlo si estás hablando del tema?

Martín se dio la vuelta en la cama hasta que quedaron frente a frente con las piernas entrelazadas. Los ojos de Isaac volvían a ser aquella piscina profunda e inmensa de la que él nunca pudo salir; cada día sentía que se hundía en ellos un poco más.

—Sé que no te buscaba, de eso estoy seguro —logró decir—. Pero a veces creo que soy como uno de esos animales. No el búfalo ni la morena o los insectos, sino la especie más débil, la que necesita estar bajo el ala de otra para sobrevivir.

—¿Y quién dice que esa es la débil?

—Es evidente.

—Deberías mirarte en otro espejo. —Isaac se giró, cogió el paquete de tabaco que descansaba en la mesilla y se encendió un cigarrillo. Martín se lo arrebató para darle una calada antes de devolvérselo—. En serio, uno más grande y que no esté roto.

—No me merezco que digas eso. No en estas circunstancias.

Martín se incorporó y apoyó la espalda en el cabecero. La noche ya había caído completamente y, allá fuera, las estrellas iluminaban el cielo como cerillas encendidas.

—Está bien. ¿Te confieso qué busco? —Isaac hablaba en susurros. Martín expulsó el humo, lo miró en la penumbra y asintió—. Pero, si lo hago, si te cuento mi verdad, tú a cambio te esforzarás por encontrar la tuya.

—Me parece justo. Lo intentaré.

—No me gusta la soledad. Te mentí cuando te conocí. Te dije que me apañaba bien viviendo solo, que no echaba en falta la compañía. Pero esta casa es grande, con hectáreas de terreno, y mientras crecí en ella siempre estuvo llena de gente. Mis abuelos vivían con nosotros; tíos, primos y amigos venían a vernos cada fin de semana, a comer y a pasar el día o las vacaciones de verano. Recuerdo que, con seis o siete años, le dije a mi abuela que tenía la sensación de que entonces, entre las conversaciones y las risas, parecía que la casa palpitase como si tuviese vida propia y el corazón estuviese escondido en algún rincón del jardín. Y entonces todo cambió. El primero en morir fue mi abuelo. Luego... mi padre se fue. Lo siguió mi madre y, poco después, no quedó nadie. Fue un abandono repentino y, dentro de ese vacío, solo permanecí yo.

—Todo eso ya lo sabía, Isaac.

—¿Lo que le ocurrió a mi madre?

—Sí, pero me refería a la soledad.

—¿Por qué?

—Se te ve en la mirada. Pero no es malo, no es debilidad, ¿por qué iba a serlo? A nadie le gusta estar solo. —Martín apagó el cigarrillo en el cenicero que había en la mesilla antes de rodearle la espalda y abrazarlo—. Estamos hechos para buscar afecto. Y, cuando no lo encontramos, lo enmascaramos con deseo o diversión o lo que sea, pero, bah, todo sigue siendo lo mismo, siempre es lo mismo.

—¿También es lo que tú buscas?

—Quizá. —Suspiró y apoyó la barbilla en el hombro de Isaac—. Pero no solo eso. También sentirme... comprendido. Que no me juzgues. Que no me mires como lo hace el resto del mundo. Creo que llevo arrastrando una imagen distorsionada desde que era un niño y estoy cansado, muy cansado, pero no hay salida.

—¿Es una excusa o la verdad?

—El otro día volví a soñar con el laberinto.

—¿Y qué ocurría?

—Estaba dentro y hacía un sol abrasador mientras corría y corría. El calor era tan sofocante que los setos se derretían alrededor, y el suelo parecía de chicle y los zapatos se me pegaban cada vez que daba un paso. Empezaron a brotar flores rojas por todas partes, eran grandes y espléndidas, pero de sus pétalos goteaba sangre. Y el suelo se volvió resbaladizo. Y cada camino empezó a estrecharse más y más y más mientras la temperatura seguía aumentando. Entonces, casi al final del sueño, de pronto pude ver el laberinto desde arriba, como si fuese un pájaro sobrevolándolo, y descubrí que era sorprendentemente minúsculo, apenas cuatro setos dispuestos en un círculo con dos salidas, una en cada extremo. Y había flores rojas, sí. Muchas. Pero no goteaban sangre, sino un sirope de fresa delicioso. Y yo me encontraba en el centro, encogido en el suelo, llorando en aquel lugar idílico y perfecto, vete tú a saber por qué.

INVIERNO, 1985

Martín tenía la sensación de encontrarse en el interior de un huevo inmenso. Lo rodeaba el blanco roto que trepaba por las paredes, se deslizaba por el suelo y escalaba hasta el cristal que tenía enfrente y que ofrecía una imagen espeluznante, como si fuese una pantalla de televisión a todo color en plena retransmisión de una película de terror. Y su ridícula mente pensó: «Ojalá pudiese darle a un botón para pararlo».

Pero la vida es una cinta sin opción de rebobinado que siempre sigue avanzando hacia delante, incluso aunque el protagonista sienta que no puede respirar.

Así que no se movió de la planta de oncología infantil. Poseía un diseño circular y la habitación de su hijo Daniel, esa que observaba a través del cristal, tenía una pared pintada con colores vistosos y alegres: podía verse un arco iris, un sol sonriente al que Martín deseaba darle un puñetazo, un perro con la lengua fuera, dos niños con globos en las manos y un pajarillo amarillo limón con un gorro de lana.

Le resultaba grotesco, pero jamás lo diría en voz alta. Candela, en cambio, pensaba que era todo un detalle. Y Martín sabía que tenía razón, lo sabía, sí, era solo que no conseguía quitarse de encima la pegajosa sensación de que los dibujos parecían burlarse de él, como diciéndole: «Aquí estamos, en un lugar que no nos pertenece porque, por mucho que intentemos fingir, no hay alegría que valga».

Apoyó la frente en el cristal.

No estaba seguro de cómo se sostenía en pie, porque apenas había comido desde hacía semanas. Su estómago se había encogido como si fuese una ciruela pasa. También el alma. Y la vida. Todo. Todo se arrugó dentro de él.

Petequias. Así empezó aquella pesadilla. Es una ironía que la palabra le pareciese casi bonita, podría ser el nombre de una marca de juguetes o de unos dibujos animados. Petequias. Tan pequeñitas que apenas le dieron importancia cuando las vieron por el estómago de Daniel intentando formar constelaciones alrededor de su ombligo.

Luego llegaron los moretones y los vómitos de buena mañana.

Y, finalmente, el diagnóstico.

Cáncer. Cáncer. Cáncer.

Hasta entonces, Martín asociaba aquella palabra maldita a la gente mayor, muy mayor; incluso, el año anterior se había sorprendido cuando aquel profesor del departamento había muerto a los cincuenta y seis años de forma lenta y agónica.

Daniel tenía once años. Una cifra que casi podía contar con los dedos de su mano. Una cifra tan insignificante que ni siquiera representaba un cuarto de la vida de un ser humano. Una cifra anecdótica en comparación con todo lo que le quedaba por delante. Y era un niño sano. Un niño que, no mucho antes, corría por el parque, peleaba con su hermano en el suelo del salón por cualquier tontería y se raspaba las rodillas con frecuencia. Su mente era igual de ágil: se le daban bien las matemáticas y las ciencias, pasaba horas jugando con el microscopio que le habían regalado sus abuelos y sacaba buenas notas en el colegio. Era normal. Completamente normal. Pero sus células no.

Martín sintió la presencia de Candela a su espalda.

—El médico insiste en que el cuadro es favorable.

No contestó, porque la angustia le atenazaba la garganta. Todo el mundo a su alrededor intentaba tranquilizarlo, hablaban de «lucha», «esperanza» y «buen pronóstico», pero él se sentía inútil al no poder hacer nada más allá de contemplar con impotencia a su hijo tumbado en esa cama de hospital tan impersonal...

Se giró hacia Candela. Cualquiera que no la conociese admiraría el vestido recatado y elegante que llevaba, de color vino, el pelo bien peinado a la altura de los hombros y el rostro maquillado de forma natural. Pero Martín podía ver su dolor tras todas esas capas y se fijó en las ojeras, en la rigidez de sus hombros y la mirada nerviosa.

En esos momentos, sin ella, él habría estado perdido y sintió que la necesitaba con una desesperación enfermiza. Y ella también a él. Pensó en el mutualismo y en una conversación que mantuvo años atrás: lo suyo era una unión que nacía de la desgracia y del dolor. Se expandía, se expandía y se expandía...

—Todo irá bien. Lo sé. Irá bien.

—Candela... —Su voz era un lamento.

Ella lo sostuvo por la barbilla y lo obligó a mirarla a los ojos. Sus palabras fueron como ascuas candentes que él no fue capaz de esquivar:

—Ya basta, Martín. Basta. Debes serenarte.

—No dejo de pensar... —Tomó aire, aunque sentía que se perdía en algún lugar del camino y no llegaba a los pulmones—. No dejo de pensar en lo que hice aquel verano, ese desvío que tomé... Me pregunto si esto que está ocurriendo es algún tipo de represalia. Intento dar con una razón lógica que explique la causa, la raíz. ¿Es posible que sea un castigo? Porque nunca he creído en eso, pero quizá el mundo sea como una balanza en constante búsqueda del equilibrio...

—¿De verdad piensas que Dios no tiene nada

mejor que hacer que estar pendiente de si tú te metes en camas ajenas? No digas tonterías. Todos llevamos equipaje, pero esos pecados son nuestros, nadie los hereda.

La envolvió con tanta fuerza entre sus brazos que temió hacerle daño y se obligó a aflojar el agarre. Se le escapó un sollozo e inspiró hondo llevándose ese perfume intenso que ella siempre gastaba. No era una de esas mujeres que cambian de aroma a menudo, a Candela le daba igual si era invierno o verano: era fiel a sus convicciones.

El abrazo pareció abrir una brecha en el tiempo.

El abrazo fue una eternidad y un suspiro.

PRIMAVERA, 2018

Se lleva el vaso a los labios y da un trago generoso. El agua arrastra las pastillas como si fuesen la maleza que entorpece el flujo de un río. Suspira profundamente y guarda los blísteres y el pastillero en el neceser que le regaló su nieta: aparecen dos aguacates sonrientes con corazones alrededor. «La vejez ablanda», pensó cuando lo vio y decidió que, al fin y al cabo, era gracioso y de lo más aceptable.

Isaac repiquetea con los dedos sobre la mesa.

—¿Por qué necesitas tanta medicación?

—¿Tú no? —Martín alza la vista y el otro niega con la cabeza—. Pues qué suerte. Te conservas bien, demasiado bien, sí. Fumas, bebes y la vida te premia. Un afortunado, sin duda. ¿Haces ejercicio o algo para compensarlo?

—Camino. Y no has respondido a mi pregunta.

Hace más de una semana que abandonó el hostal y se instaló en esa casa de campo llena de recuerdos. Tres veces al día, Isaac ha asistido en silencio a su «baile de pastillas», ese instante en el que él saca cada una de ellas, fijándose bien en los colores y en las formas, las cuenta tras extenderlas sobre la mesa y, finalmente, se decide a tragárselas. Hasta ahora, nunca ha hecho preguntas ni ha dicho nada al respecto más allá de mirarlo ceñudo y con curiosidad. Siente que, pese a su generosidad al ofrecerle quedarse allí, el corazón de Isaac aún permanece cerrado y sospecha que tiró la llave cuando él se marchó. Sabe que no será fácil que se abra de nuevo, porque lo que ocurre con el paso del tiempo es que los objetos y las cosas que se quedan atrás terminan por oxidarse.

—La necesito porque soy un anciano.

—No exageres, no eres tan mayor.

—Has perdido la perspectiva. Mira. —Coge entre sus dedos arrugados una pastillita rosa y ovalada—. Esta es para el corazón. Y esta otra para la artritis. También tengo la tensión alta, falta de vitamina D, mala coagulación y diversos problemas más.

Isaac se estira y aprieta los labios. Observa a su alrededor. El jardín ha ganado color durante el último mes, con todas las flores que han plantado aquí y allá y la explosión de la primavera. Los jazmines crecen con fuerza y el limonero legendario sigue en una esquina, como si con su inamovible presencia quisiese dejar constancia de que hay cosas enraizadas que perduran por mucho que todo lo demás cambie.

—¿Tus hijos saben que estás aquí?

—Sí. Pero ¿eso es lo que de verdad quieres preguntarme?

Martín lo observa mientras Isaac busca la cajetilla de tabaco y parece ganar tiempo gracias a esa pausa silenciosa. Se fija en su hombro cubierto por la camisa azulada y se pregunta si bajo la tela aún se esconderá aquel lunar pequeño que él besó y acarició. Lo imagina intacto rodeado de piel arrugada y moteada, como el limonero de la esquina. Diferente pero igual. Vetusto pero reticente a desaparecer.

Isaac da una calada larga y se gira hacia él.

—¿Saben por qué estás aquí?

—Lo sospechan, sí. Creo que todos se imaginan

lo que ocurrió aquel verano, incluso los que ya no están, que son la mayoría. El día que regresé a Madrid entregué el manuscrito en la editorial y dejé mi trabajo. Dos semanas después acepté el puesto de profesor que me consiguió mi suegro y allí me quedé hasta que me jubilé.

—Te rendiste —gruñe.

—No. Pagué por lo que hice.

—Eso no tiene ningún sentido...

—¿Nunca has oído que cada acto tiene sus consecuencias? Yo lo tuve claro. Siempre supe que ese verano sería un punto de inflexión en mi vida. Hubiese sido una desfachatez por mi parte esperar que al volver nada hubiese cambiado.

—El amor no debería castigarse.

A Martín se le escapa una sonrisa.

—Sigues siendo un romántico.

—No digas tonterías.

—No lo hago. Siempre fuiste el más ingenuo de los dos en ese sentido. Y, por lo que veo, todavía piensas que cuando se trata de amor no se aplican las mismas reglas, como si enamorarse lo eximiese a uno de todas sus responsabilidades.

—Deja de hablar como uno de esos viejos profesores...

Martín se ríe ahora más abiertamente y, después, el ceño fruncido de Isaac se va relajando conforme una sonrisa empieza a bailar en su rostro. Al final, sus carcajadas terminan entremezclándose como si el sonido fuese líquido, y aquello, reírse de la propia melancolía y de lo que no fue, los uniese años más tarde.

VERANO, 1980

—¿Qué es lo que más echas de menos de tus hijos?

—Oírlos reír. La risa de un niño es única. Nunca volverá a ser así, ¿sabes? Seguro que nadie, ni tú ni yo, hemos vuelto a reírnos como lo hacíamos entonces, sin vergüenza ni prejuicios, cuando puedes abandonarte a esa sensación y ya está.

—Nunca lo había pensado, pero es verdad —contestó Isaac.

Esa noche soplaba una brisa suave y ellos ocupaban una de las mesas más apartadas de la terraza del bar de Ramón. Encima aún se encontraban los restos de la cena: dos bocadillos, unas bravas y unos calamares, todo con el mismo regusto a frito que, en cualquier otro momento, a Martín no le hubiese sabido igual de bien. Pero el ambiente era familiar y cálido, la camarera llevaba toda la noche haciéndole ojitos y soltándole piropos, el aroma del jazmín que trepaba por las vigas de madera flotaba alrededor e Isaac, sentado frente a él, estaba relajado. Tanto que, en un par de ocasiones, sus manos se habían rozado por debajo del mantel de tela.

«Los vecinos de este pueblo son buena gente, pero ven lo que quieren ver», le había dicho él semanas atrás. Y tenía razón. Al fin y al cabo, ¿quiénes eran? Dos amigos que cenaban juntos y compartían un par de cervezas. Dos hombres que escondían un secreto, algo prohibido que no debería haber sucedido. Dos amantes que se comían con la mirada entre bocado y bocado, como si fuesen el condimento. Dos conocidos. Dos desconocidos.

—¡Malditos mosquitos! —Se quejó Martín dando un manotazo.

—¡Ramón! Deberías poner por aquí citronelas o lavandas —le aconsejó Isaac, y se recostó en la silla—. ¿Tienes por ahí dentro un dominó y la carta de los helados?

Se habían aficionado a jugar durante los últimos días, sobre todo cuando Martín dejó de ir a dormir a casa de su jefe y compartían las noches en la terraza que daba al jardín. Apostaban cosas diversas: dos duros, un beso, información privilegiada.

«¿Cuál es tu mayor miedo?» «¿Y un deseo inconfesable?»

«¿Has fantaseado con cosas horripilantes, locas, brillantes?»

«¿Tienes alguna teoría sobre qué hay después de la muerte?»

«Si volvieses a empezar desde cero o pudieses ir atrás en el tiempo y olvidar tu historia, los pasos que has dado, ¿volverías a repetirlo todo igual o cambiarías algo?»

Casi siempre ganaba Isaac, que era el más competitivo de los dos. Martín se devanaba los sesos con todas esas preguntas, escarbando cada vez más adentro como si estuviese cavando túneles para llegar a su alma, el núcleo de todo lo que era.

No solo se enamoró de Isaac por su encanto y su descaro, sino por quién era él a través de los ojos de su amante. Durante aquellos días calurosos, Martín dejó de sentirse invisible, se fortaleció y encontró su reflejo en aquella mirada azul. Le devolvía una imagen distinta que no era gris ni estaba distorsionada o borrosa. Nítida. Esa era la palabra: nítida. Y no se sintió simplón, sino interesante. No se vio predecible, sino espontáneo. Quiso pensar que fueron una serie de circunstancias encadenadas: las dificultades que su matrimonio estaba atravesando, su propia crisis personal, sentirse hechizado por Isaac...

—¿Cuántas te quedan? —Tumbó las fichas.

—Siete —respondió Isaac con descontento.

—No pongas esa cara, ya era hora de que la suerte me sonriese. —Martín giró las fichas de dominó boca abajo, las mezcló sobre la mesa antes de sonreír y añadió en voz baja—: No te preocupes, ya me cobraré la apuesta cuando lleguemos a casa...

Isaac lo miró con los ojos brillantes. Luego se encendió el cigarrillo que llevaba tras la oreja y alzó la mano hacia la camarera cuando se acercó:

—Habíamos pedido la carta de los helados.

—Perdona, cielo, ahora te la saco —dijo.

—No, no hará falta. Mira, sírvenos dos de hielo, los más coloridos que tengas. Y ya que estamos, cóbrate la cena y las cervezas.

—Eso está hecho. —Le guiñó un ojo.

Martín alzó una ceja y se echó a reír.

—¿El más colorido?

—Un pequeño capricho para el hombre al que le gustaría tomar batidos de fresa con pajita y comer polos de hielo, pero que no se atreve por miedo a parecer ridículo.

Martín no contestó. Repartió las siete fichas que le correspondían a cada uno y alzó las suyas con cuidado. Isaac pagó cuando la camarera regresó con los helados y, después, le quitó el envoltorio al suyo y se lo metió en la boca. Era rectangular, con tres franjas de color que iban del naranja al amarillo y finalizaban en un rojo intenso.

—Delicioso —murmuró.

Él sonrió antes de imitarlo. Sabía a fresa y tuvo que contener las ganas de morder el hielo con los dientes. En aquel momento, le dio igual que aquel verano se estuviesen celebrando los Juegos Olímpicos de Moscú o la inestabilidad política. Tampoco le importaba el zumbido molesto de los mosquitos, las risas estridentes de los hombres de la mesa de al lado o encontrarse al borde del abismo.

Tenía un polo de hielo en la boca. Y la sensación

era maravillosa. Martín se olvidó de las fichas de dominó, se acomodó en la silla y se lo comió como si volviese a ser un niño y no existiese nada más importante que ese instante presente.

¡Y qué presente! ¡Qué presente!

INVIERNO, 1985

Ojalá la conversación con Candela hubiese conseguido apaciguar los remordimientos, pero no, no, siguieron ahí, como aquella vez..., como cuando cogía el teléfono convencido de que ese día le confesaría lo que estaba ocurriendo y al final nunca lo hacía porque las palabras se atascaban y se le quedaban clavadas en la garganta como espinas de pescado. «¿A qué vienen esas tonterías? —le había preguntado ella mientras se ponía unos pendientes y lo miraba a través del espejo del dormitorio—. Si tú eres ateo, Martín, llevo media vida discutiendo contigo para ir a misa cada domingo.» Tenía razón. Mira, hay cosas que son indiscutibles, y una de ellas es que Candela siempre estuvo en lo cierto. Ella iba un paso por delante, era una de esas mujeres capaces de predecir el futuro y tener un cargamento de armas bien preparado para cuando llegase la batalla. En pocas ocasiones se le escapaban cosas y, si ocurría, tomaba un desvío, enderezaba el volante y se lanzaba a por todas. A Martín los desvíos le daban dolor de cabeza, lo dejaban hecho polvo, lo zarandeaban y lo aturdían. Lo hacían sentirse como durante los primeros instantes de una anestesia general, con una sensación de mareo incapacitante. El latigazo de la enfermedad de Daniel fue inesperado y le hizo plantearse si tan solo le quedaba la fe, algo de lo que tantas veces había oído hablar y había renegado. Por eso aquel día se propuso tener una conversación con Dios, con el destino, con la fuerza del universo, lo que fuese, y le dijo lo siguiente:

«Mira, te he buscado en la iglesia. Esta mañana, cuando salí del hospital, sentí la urgente necesidad de encontrarte, como quien busca un botón o una pepita de sandía en la carne blanda y roja. Y allí que me he ido. Al entrar, el silencio era terrorífico; tanto eco, tanta humedad, tanta penumbra entre la decoración recargada de color oro... Llámame loco, pero no sé quién querría vivir en un lugar así. Las dimensiones están bien, seguro que más de cuatro habitaciones, servicio de limpieza y unas vistas privilegiadas desde el campanario, pero ¿qué hace uno con toda esa frialdad? Lo he intentado, quiero añadir. Te he buscado bajo los bancos de madera, tras el altar que había al fondo y entre las velas titilantes encendidas a plena luz del día. Nada. Ni rastro. He regresado a casa dando un rodeo, aunque al llegar al portal pensé que no sería capaz de entrar. Sabía que arriba estaría Candela con Sergio y me recordaría con una mirada que tenemos otro hijo, que nos debemos a él, que hay que ser fuerte, siempre fuerte y estoico. Por eso no quería que me viera llorar. Así que a veces paseo por Madrid y fumo y me siento en cualquier bar y pido cualquier cosa que tengan a mano, porque lo triste es que el alcohol ni siquiera me gusta lo suficiente como para tener preferencias. Y hoy, al ver mi reflejo en el cristal del portal, he encontrado el valor para encajar la llave en la cerradura. Ascensor, espejo, botones cuadrados. Debate: ¿arriba o abajo, abajo o arriba? Al final he descendido dentro de esa cápsula futurista. Ya en el garaje, me ha sorprendido el tiempo que hacía que no cogía el coche: cosas de vivir en la ciudad. Sentado tras el volante, sin dirección, he acabado en este lugar que ni siquiera sé qué es. ¿Un campo de algún cereal? Puede que trigo. Mira, es dorado como el interior de las iglesias. Quizá por eso he tenido la sensación de que estabas alrededor cuando he frenado de golpe a un lado de la desértica carretera. No sé durante cuánto tiempo he estado conduciendo. Tampoco dónde me encuentro. Pero ¿a quién le importa eso? Saquemos un titular: "Profesor de treinta y nueve años desaparecido a las afueras de Madrid". Si se trata de alguna revista divertida: "Profesor cuarentón se pierde en un campo de trigo buscando un pedazo de fe, ¡buena suerte!". El caso: que me acomodo entre las espigas. Todavía llevo el ridículo suéter con coderas que Candela me regaló. Te espero, te espero. Me siento gilipollas. Termino por tumbarme, aunque el aspecto mullido del campo desde la distancia es engañoso. El cielo es gris. No hay nubes. El poco viento que corre balancea las plantas alrededor. Llevo más de media hora esforzándome por respirar cuando apareces.

Siento un escalofrío que empieza en la punta de los pies y asciende apoderándose de la carne y los huesos que encuentra a su paso. "Veo que lo de la puntualidad no va contigo", me entran ganas de bromear. Luego recuerdo que tendrás muchas cosas que hacer en esta galaxia, tareas infinitas, será mejor que no pierda el tiempo. "Sabes que tú y yo nunca nos hemos entendido bien...", comienzo, pero creo que no es un buen arranque. Lo intento otra vez: "Quizá sea egoísta buscarte tan solo para pedirte algo, pero te necesito, necesito que salves a Daniel. Hagamos un trato: no lo dejes morir y tómame a mí en su lugar. No opondré resistencia, lo prometo. Solo es un niño. Un niño. Y te lo estás llevando, lo sé, lo siento a diario, lo noto cada vez más lejos. Déjalo en paz y seré tuyo, sin desvíos, sin trampas. ¿Sí? ¿Estamos de acuerdo en esto? Bien. Bien. Que así sea"».

Y solo años después le dio por pensar que, aquel día de paranoia y ensoñación, no estuvo hablando con Dios, sino con la muerte.

VERANO, 1980

Dejó el lápiz suspendido en el aire y rodó bajo la mimosa. El viento de poniente parecía arrastrar partículas de fuego. Cerró los ojos e intentó recordar, ¿cuatro o cinco pétalos? Llevaba tres días sin ir a casa de su jefe, y la fotografía estaba allí. Repasó una última vez los apuntes. Le quedaba poco. Quizá por eso estaba trabajando cada vez más despacio, como si sus dedos se ralentizasen al dibujar y las teclas de la máquina de escribir se hubiesen endurecido. Agosto se había convertido en una anguila escurridiza.

Martín fue a buscar a Isaac, que estaba dentro del trastero. Se apoyó en el marco de la puerta y lo observó en silencio hasta que el otro se percató de su presencia.

—¿Qué pasa? —le preguntó distraído.

—Tengo una duda: ¿la nomeolvides tiene cuatro o cinco pétalos?

—Cinco. —Caminó hacia él. No llevaba camiseta y tenía restos de tierra en las manos—. Es de la especie de la raspilla, su floración se produce en ramilletes y las hojas son pequeñas y lanceoladas. Así, con esta forma. —Movió los dedos.

—¿No tienes en el jardín?

Isaac alzó la vista y vaciló.

—No. Pero sé dónde hay.

—Bien. ¿Está muy lejos?

—No. Te llevaré —respondió Isaac con un tono un poco brusco—. Espera un momento para que me limpie y vaya a por una camiseta.

A Martín le extrañó su actitud, pero se mantuvo sumido en un silencio cauto que se extendió mientras salían de la propiedad y avanzaban por los campos de alrededor. Dejaron atrás las plantaciones de naranjos que en primavera emanaban un intenso aroma a azahar y siguieron algo más allá para adentrarse en el monte.

Supo que habían llegado al lugar antes de que

parasen delante de aquel árbol frondoso que se inclinaba ligeramente hacia la derecha. Debajo, las salpicaduras de color contrastaban con los tonos más neutros del romero, la manzanilla y los arbustos. Rosas, lilas, rojos, granates, amarillos, blancos, naranjas, morados y, finalmente, el azul pálido de las nomeolvides. Las flores rodeaban el tronco del árbol como si deseasen abrazarlo y algunas trepaban por él hasta alcanzar las primeras ramas más enclenques.

—¿Qué es esto? ¿Por qué...?

Martín calló cuando lo comprendió.

Aquel era el árbol donde Isaac había encontrado a su madre. Se le erizó la piel al verlo agacharse para arrancar algunas flores que se habían secado y quitar unas cuantas malas hierbas. Lo imaginó allí, intentando sostener el cuerpo inerte. Y luego, tiempo después, desafiando el rastro de la muerte y la soledad al convertir aquel sitio en un lugar lleno de luz y color y belleza. Debía de caminar a menudo hasta allí cargado con cubos de agua para mantener la viveza de las flores. Quizá agradecía el esfuerzo físico que le suponía hacerlo; de hecho, conocién-

dolo, probablemente fuese una motivación.

A diferencia de él, Isaac necesitaba exteriorizar sus emociones, ya fuese mediante palabras, con una herramienta en las manos o actuando por impulso. Todo, todo fuera.

Martín se arrodilló a su lado y lo miró fijamente.

—Lo que has hecho es muy especial —le aseguró, pero Isaac no pareció oírlo y siguió quitando hierbajos sin girar el rostro hacia él.

—Coge un puñado de nomeolvides, si quieres.

Obedeció. Arrancó un par de ramilletes. Las diminutas flores azuladas contrastaban con el centro estrellado y amarillo como el sol. No supo cómo decirle sin palabras grandilocuentes el valor que le daba a aquel momento: poder verlo desde todos los ángulos, con la soledad palpitando sin disfraz. «Voy a coger este instante de confianza y lo guardaré para siempre entre los pliegues del cerebro, no dejaré que se escape», quiso confesarle. Pero, con la boca seca, tan solo susurró:

—Me encanta el nombre que tienen.

Isaac sonrió con tristeza y, entonces sí, lo miró.

—No es precisamente sutil. Es una petición humilde. Tan solo las regala quien teme que lo olviden.

PRIMAVERA, 2018

Martín sonríe con el teléfono contra la oreja mientras su hijo le cuenta anécdotas de su último viaje. Ahora sale con una chica llamada Anika o Anison, no está seguro porque se le da mal memorizar nombres extranjeros y su hijo cambia más a menudo de pareja que de zapatillas. Se han ido a Bali unas semanas, un lugar que, según le dice, está en auge para aquellos que pueden permitirse el lujo de trabajar a distancia.

—Es el futuro, papá, nada de oficinas ni de horarios, eso solo desmotiva a la gente. Hay que buscar nuevas vías para fomentar la creatividad y el interés.

—Mira tú qué maravilla —contesta mientras una mariposa se posa en el otro extremo de la mesa y agita sus pequeñas alas. Tiene la sensación de pa-

Hydrangea Macrophylla
Comúnmente llamada Hortensia.
Su nombre significa "bebedora de agua", por lo que necesita mucha para sobrevivir.
Florece desde finales de invierno hasta finales de primavera

sarse todo el día en esa terraza, pero es que está convencido de que es el paraíso en la Tierra, ni Bali ni tonterías; nada como la sombra de las parras y los aromas del campo.

—Ya sé que no lo entiendes.

—Oye, que no estuve toda la vida dando clases. Antes de que se inventasen todas esas palabrejas que usa tu hermano como *coachin* o *braitormin*, trabajé por cuenta propia para una editorial. ¿No te acuerdas? Iba de un lado para otro y no tenía un horario fijo, funcionaba según los proyectos que surgían. Te diré algo: se me daba bien.

—Ya. Entonces, ¿por qué lo dejaste?

Martín se oye suspirar y niega con la cabeza.

—No era el trabajo mejor pagado, así que tu madre y yo decidimos que lo mejor para todos sería buscar una alternativa. —Le sale un ruido extraño al chasquear la lengua—. Lo que intento decirte es que los jóvenes tenéis la mala costumbre de creer que nosotros, los viejos, siempre hemos sido así. Como si no hubiésemos tenido juventud ni hubiésemos hecho todo tipo de cosas y locuras y... En fin. La mente era otra. El cuerpo también.

Oye a su hijo sorber por una pajita. Lo imagina en una tumbona con uno de esos zumos tropicales de nombre exótico y una camisa floreada desabrochada.

—Hablando de eso, ¿cómo te encuentras?

—Bien. Maravillosamente bien.

—Estás mintiendo. Dime la verdad.

—Daniel, estoy mejor que nunca, en serio. Fue mi decisión, la mejor que he tomado. Este sitio le cura a uno todos los males. Bueno, ya me entiendes: contra el cáncer poco se puede hacer, pero limpiar las telarañas del alma sienta de fábula.

—El sitio y su gente, ¿no? —bromea riendo, porque, a diferencia de Sergio, su hijo pequeño siempre ha seguido siendo un poco niño, como si de alguna manera se hubiese propuesto no dejar que la vida le arrebatase ese espíritu después de aquello por lo que pasó a los once años—. Da igual, no contestes, prefiero no saber nada sobre ella. Solo quería asegurarme de que estabas bien, porque si me necesitas... cojo un avión al instante, ¿vale? Quiero estar allí cuando... Ya sabes, cuando llegue el momento.

«Ella.» Martín está a punto de sacarlo de su error, pero vuelve a oír el borboteo de la pajita y luego piensa: «¿Qué más da? ¿Acaso importa?». Para él, los pronombres siempre fueron lo de menos en aquella historia. No interfirieron en el final.

—Tranquilo, aún me queda un poco de tiempo.

—Bien. —Le cambia la voz—. Cuídate, papá.

Se aleja el aparato de la oreja y entorna los ojos para ver los botones antes de apretar el de color rojo y colgar. No le gustan los teléfonos. Se ha convertido en uno de esos viejos caricaturizados que piensan que con tanta tecnología hay algo íntimo y mágico que se ha perdido por el camino. Ya nadie escribe cartas, nadie consulta las enciclopedias que él ilustraba, nadie se emociona al oír una canción en la radio. Tiene la sensación de que todo es demasiado fácil, casi vulgarmente abundante, y la expresión «echar de menos» carece de la melancolía de antaño.

Se gira al oír un crujido a su espalda.

Pensaba que Isaac había salido a comprar, pero debe de haber regresado antes de tiempo y ahora está allí, mirándolo como cuando semanas atrás apareció en su casa y le cerró la puerta en las narices. Aunque hay algo más. Cólera y decepción. Miedo y tristeza.

—¿Cuánto? —pregunta en un susurro.

—¿Cómo? —Martín no lo entiende.

—Que cuánto tiempo te queda.

Así que lo ha oído. Lo ha oído todo.

Martín se levanta de la silla con dificultad, le tiemblan los brazos. Ya le da igual mostrar su debilidad, pero necesita (no es un capricho, sino una necesidad real) estar de pie frente a Isaac para mantener esta conversación.

—No lo sé. Unos meses, supongo.

—Meses...

—Meses, sí.

Isaac deja de parecer una estatua de granito y las fosas de su nariz se mueven al compás de la errática respiración. Todo aflora de golpe, como una peonía rindiéndose al sol. Allí, alrededor de esos dos hombres tan diferentes e iguales, hay dolor y temor, reproches y admiración, comprensión y confusión, pero, sobre todo, cariño y amor.

Un amor tan fugaz como intenso.

Un amor capaz de cambiar dos vidas y de alimentarse de polvo y de restos olvidados para permanecer en la memoria. Se sabe que «recordar» significa pasar otra vez por el corazón.

—Así que la historia se repite. Vuelves aquí... —Se le quiebra la voz—. Vuelves a mi mundo, a mi casa, a mi jardín... Vuelves para marcharte otra vez.

A Martín le resulta insoportable asistir a su dolor, pero agradece que se rinda ante lo evidente como él hizo cuando se enteró del diagnóstico. El médico empezó con un «lo siento, pero...», y Martín lo interrumpió para decirle: «No se preocupe, llevo media vida esperando este momento. Todo está bien». Casi sonreía. Casi. Nada de hablar de diálisis, vómitos o pérdida de peso. Metástasis. Metástasis, tratamiento para el dolor y una última visita a un campo de trigo que conocía bien antes de poner rumbo a Valencia.

—Tienes razón. Pero no era esa la idea...

—¿Y cuál era?

—Necesitaba verte una última vez.

—Maldito seas, Martín...

—Y, si he de ser sincero, no se me ocurre un lugar mejor para morir.

Por un instante, teme que Isaac descargue contra él toda su furia y le pida que se marche. Por su expresión, parece posible. Está enfadado, indignado, desilusionado. Pero también emocionado. Y cuando Martín avanza hacia él no se mueve ni se aleja. Se abrazan tan fuerte que el amor se expande entre latido y latido.

Martín siempre ha pensado que los besos tienen mucho que ver con la pasión, el deseo y la impaciencia. Pero los abrazos... Los abrazos mecen y consuelan desde que nacemos y apenas somos bebés arrullados por la madre, mientras crecemos y, finalmente, cuando llegamos al último escalón de la vida y solo queda la piel dócil llena de todas esas carreteras que tomamos en algún momento y que se transforman en arrugas y recuerdos.

VERANO, 1980

Isaac tenía razón: vale la pena saltar sin pensarlo antes demasiado. El agua del arroyo estaba helada, sí, pero tras nadar un poco se volvió soportable. La calidez que desprendía el cuerpo de él contra el suyo era un aliciente. Martín empezaba a conocer cada rincón: el cuello que le gustaba morder, la nuez de esa garganta que se movía con fuerza cuando el placer lo atravesaba, la cintura masculina y la uve que se dibujaba más abajo hasta el lugar exacto donde se rozaban mientras el agua se mecía alrededor y ellos jugaban, exploraban, susurraban, mordían, reían, gemían.

Martín lo abrazó por detrás cuando Isaac se aferró a la orilla. Se apretó contra su trasero y olió el cabello cobrizo y apelmazado sobre el cráneo. ¿Tenía sentido que conociese la forma exacta de su cabeza y que se sintiese capaz de distinguirla entre mil cabezas más? La idea lo aturdió y lo excitó durante unos instantes, todo a la vez.

—¿Sabes una cosa? Esto empezó porque necesitaba tu ayuda para avanzar en el trabajo, y ahora resulta que te has convertido en una gran distracción.

—Añadiré que tú tenías ganas de distraerte.

—Aunque te sorprenda, eso no es verdad.

—Pues cualquiera lo diría. —Isaac se impulsó con los brazos para salir del agua y se sentó en un canto del borde. Se quedó unos segundos en silencio sin apartar sus ojos de Martín y, después, pensativo, añadió—: Háblame más de ella.

—¿Por qué me pides eso? Es incómodo.

—Creo que no me basta con un «lo sabe».

—Pues debería —gruñó Martín malhumorado.

Salió del arroyo y se alejó hacia la toalla granate que habían extendido sobre la hierba un poco más allá. Se sentó, estiró las piernas y alzó la cabeza hacia el sol cegador. Los pájaros cantaban alrededor con timidez y algunos saltamontes pequeños daban brincos en las zonas donde la vegetación era más frondosa.

—Candela es decidida. Una de esas mujeres que tiene claro lo que quiere y que va a por ello sin dudar. Siempre he tenido la certeza de que si mañana me ocurriese algo sabría apañárselas perfectamente sola o con los niños. Eso tranquiliza a cualquiera.

—No tiene sentido —replicó Isaac.

—¿Por qué no? —Martín lo miró.

—Una mujer así no te dejaría tener una aventura.

—¿Y quién te dice que lo haga? No es eso. No como piensas. Candela es una mujer pragmática, rara vez actúa por impulso. —No añadió que solo podría regresar a casa cuando hubiese cerrado todas las puertas a cal y canto, sin fisuras, nada de no dar la vuelta completa a la llave. Tampoco le contó que tendría que renunciar a ese cuaderno de dibujo que descansaba a su lado. Sí, Candela tenía claras sus prioridades. Y él comprendía que necesitase unos cimientos sólidos.

Tras un largo silencio, Isaac se tumbó junto a él y le preguntó:

—¿Se puede querer así?

—Se puede querer de tantas maneras que ni en cien vidas alcanzaríamos a entender cada una de ellas. —Martín se encendió un cigarrillo y expulsó el humo lentamente mientras se miraban a los ojos—. ¿Cómo quieres tú?

—¿Yo? Con todo. No sé hacerlo de otra forma.

—Tienes la suerte de poder permitírtelo.

—¿Qué quieres decir?

—Ya lo sabes.

—No.

—Sí lo sabes. —Hundió la punta candente del cigarrillo en la tierra, aplastándolo con saña—. Para sentir así uno tiene que ir ligero de equipaje.

—¿Y el tuyo es muy pesado?

—El mío lo elegí hace tiempo. Tienen seis y nueve años, y me están esperando. Tú mejor que nadie deberías entenderlo... —Dejó la frase a medias, pero los dos sabían que se refería a su padre, ese que se fue y nunca volvió. Martín alargó la mano y apartó con delicadeza los mechones de cabello mojado que se escurrían por la frente de Isaac. Después, con un nudo en la garganta, le sonrió con tristeza—. Además, ¿no era a ti a quien le bastaba con vivir un día más, el que no esperaba nada de la vida?

Piscinas. Los ojos de Isaac volvían a ser del azul de las piscinas, pero de pronto el agua se había vuelto un poco turbia, llena de algas y sedimentos.

—¿Y si he cambiado? ¿Y si ya no solo me conformo con estar aquí mañana, sino que quiero estarlo contigo? Y al día siguiente y al siguiente. Y otro más.

—Cállate.

—Ya casi ha terminado agosto, pero no es suficiente. Y en setiembre querré todas las mañanas de octubre. Y en octubre, las de noviembre...

—Cállate, por favor.

Se esforzó por espantar las palabras de Isaac como si fuesen moscas revoloteando alrededor, pero no pudo ignorar la imagen de sus labios susurrando la historia que nunca vivirían; eran de un color rojizo, como la manzana de Eva. Pensó que tenía sentido: casi todas las cosas rojas que se encuentran en la naturaleza advierten del peligro. Y tuvo miedo, porque quiso besarlo y besarlo y besarlo y besarlo...

—Sé que tú también lo deseas, Martín.

—«Desear» es una palabra frívola y vulgar.

Se levantó para alejarse de Isaac y volvió a lanzarse al arroyo helado. Aguantando la respiración bajo el agua, abrió los ojos: los árboles borrosos parecían trazos de las acuarelas que, como aquella historia, pronto serían parte del pasado. Le ardían los pulmones y pensó: «La vida es un circunloquio. Tantos rodeos, tantas vueltas innecesarias para terminar en el mismo punto de partida...». El tacto rugoso de las piedras en la planta de los pies lo instó a impulsarse de golpe. Rompió la superficie del agua. Tomó una gran bocanada de aire al salir a la superficie. Y entonces vio a Isaac de pie, en la orilla, apenas a unos metros de distancia, mirándolo con una comprensión que lo paralizó e hizo que se sintiese desnudo más allá de la ropa y de la piel, como si fuese un pajarillo al que le han arrancado las plumas y está ahí, ahí, en el borde del nido, tambaleándose...

EL ARTE DE DECIDIR

A lo largo de su vida, Martín se preguntaría cientos de veces si tomó la decisión adecuada, hasta que un día esa duda se desgastó de tanto pensarla y el anhelo dio paso a la nostalgia. Se encontró sonriendo cada vez que pasaba por delante de una floristería con un cariño reposado. A veces, incluso se permitía entrar para empaparse del intenso aroma que flotaba en el establecimiento. Y, cuando lo atendían para saber qué andaba buscando, él siempre respondía:

—Rosas rojas, media docena. Gracias.

No podía ser otra flor, no. Aquella le pertenecía a ella: belleza y espinas. Luego se las regalaba a Candela, que sonreía satisfecha y las ponía en un jarrón de cristal que colocaba en algún sitio para que las visitas pudiesen verlas cuando iban a casa.

¿Fue real su matrimonio? ¿Tuvo sentido esforzarse durante años para mantener con vida aquel vínculo? ¿Habrían merecido tanto él como Candela algo diferente?

Al principio, Martín se contenía cada noche para no hacer las maletas, montar en el coche y marcharse sin mirar atrás. «Ya solucionaría el problema de los niños. Ya encontraría la manera», se decía. Dormía en la habitación de invitados, había empezado a dar clases y se sentía como si fuese una imagen bidimensional carente de alma. Volvía a ser invisible, tan pequeñito que le daba miedo no encontrarse en el espejo de buena mañana al ir a lavarse los dientes.

Pero, un día que Martín no sería capaz de señalar en el calendario tiempo después, al entrar en el dormitorio descubrió que alguien había vaciado su mesilla de noche y la ropa que horas atrás colgaba de las perchas del armario. La colcha azulada estaba extendida sobre la cama, con los almohadones a juego. Daba la sensación de que nadie había entrado en aquella estancia desde hacía meses.

—¿Candela? —Fue a la cocina—. ¿Qué ha pasado?

Ella estaba agachada delante del horno, con las manos dentro de unas manoplas con las que sacó una lasaña que dejó sobre la encimera de mármol.

—¿A qué te refieres?

—Mis cosas...

—En tu habitación.

—Pero...

—Nuestra habitación.

Lo miró como si fuese idiota y él se limitó a asentir.

Esa noche durmieron juntos, aunque no volverían a tocarse hasta mucho tiempo después. Fueron unos años grises en los que Candela se ausentaba a menudo y él coleccionaba un día tras otro como si fuesen cromos repetidos. A veces surgían algunos destellos en el ambiente plomizo: una carcajada inesperada, una mirada de complicidad, un roce significativo o un par de escapadas con los niños a la nieve.

Y entonces llegó el golpe. Daniel. Cáncer.

Aquello podría haberlos destruido definitivamente, pero, contra todo pronóstico, los unió. Él se vio obligado a fortalecerse. Ella terminó por resquebrajarse. Cuando encontraron ese equilibro, se esmeraron por salvar los restos del naufragio.

La vida siguió. Los años fueron pasando.

Sus hijos crecieron, volaron lejos del nido y dejaron un hueco que ellos llenaron con visitas al teatro, veladas en casas de amigos, algún que otro viaje y pequeños placeres cotidianos con los que Martín aprendió a ser feliz.

Envejecieron juntos, y hay pocas cosas más poderosas que compartir ese camino con alguien porque, al hacerlo, la soledad y las dudas pesan un poco menos. Así que avanzaron, sí. No fue una línea recta y perfecta, pero lograron no estancarse en los rencores pasados y terminaron por encariñarse con las imperfecciones del otro.

Martín ya estaba a punto de jubilarse cuando tomaron la decisión de mudarse a un piso más pequeño y acogedor que encajase con los que eran entonces. Al regresar del trabajo tras una tarde de tutorías, el suelo del salón seguía lleno de cajas de cartón. Candela salió a recibirlo y le tendió una copa de vino blanco.

—¿Qué celebramos?

—Los comienzos, claro.

Martín bebió un trago y se desabrochó el primer botón de la camisa antes de sentarse en el sofá. Candela se acomodó a su lado. Seguía usando el mismo perfume intenso, pero en otras muchas cosas había cambiado: las formas de su cuerpo se volvieron más blandas y redondeadas, igual que las aristas de su carácter. Todavía era una mujer de firmes convicciones, pero más transigente. Toda esa dulzura que le costó mostrar ante sus hijos se la regaló a sus nietas sin titubear en cuanto las tuvo en brazos por primera vez. Para su sorpresa, Martín tenía que pedirle que echase el freno cuando entraban en una juguetería o en tiendas de ropa para niños.

—¿Aún recuerdas aquel verano?

Él estuvo a punto de atragantarse.

Hacía décadas que no hablaban de eso. Hacía

décadas que Isaac era solo suyo, un regalo bien envuelto en su memoria.

—Sí —contestó a media voz.

Candela le frotó la espalda con suavidad, luego dejó la copa en la mesa baja y se inclinó para abrir las solapas de una de las cajas. Sacó un cuaderno viejo y amarillento.

—Había olvidado lo bien que dibujabas...

Martín sintió que todo él se paralizaba, excepto el corazón. En contraste con los músculos rígidos del cuerpo, los latidos se volvieron feroces.

—No era algo que te entusiasmase demasiado.

—Ya —admitió—. ¿Y a él sí? —No había reproche, tan solo curiosidad mientras lo observaba con esos grandes ojos almendrados que se arrugaban en las comisuras.

—Yo... no sé qué decir... —Tenía algo atascado en la garganta y carraspeó como si así fuese a salir, aunque sabía que no ocurriría—. Ha pasado mucho tiempo.

—Por eso mismo, Martín. Mírame.

—¿El dolor tiene fecha de caducidad?

Candela se encogió de hombros con su elegancia habitual y estiró las piernas antes de darle un sorbo pequeño a su copa de vino. Después sonrió. Y Martín vio en esa sonrisa a la niña que había sido, con su lazo de terciopelo.

—En un matrimonio solo debería importar lo que opinen las dos personas que forman parte de él, ¿no crees? Este es el nuestro, ni más ni menos.

—Ya. —Miró su copa vacía—. Iré a por la botella.

Una hora más tarde, sonaba un disco de jazz de fondo y ellos tenían los ojos vidriosos y brillantes. A Martín se le soltó la lengua por culpa del vino y le confesó que, para él, sus mejores años de matrimonio estaban siendo aquellos, los últimos. Pero no añadió que con ella seguía sintiéndose siempre vestido, con todos los botones en sus ojales, nada de esa desnudez visceral a la que se enfrentó con él. Tampoco hizo falta. Era consciente de que Candela lo sabía. Siempre supo muchas cosas.

Rodeados por las cajas que contenían sus vidas, ella dijo:

—¿Por qué no pruebas a dibujarme a mí?

—¿Yo? ¿Ahora? —La miró sorprendido.

—Claro, ¿quién si no? Buscaré un lápiz.

—Pero... —Se le trabaron las palabras—. Hace una eternidad que no lo hago. Ni siquiera recuerdo la técnica, no sabría dibujar ni una simple casa...

—Venga, deja de decir tonterías. Toma. Hazlo.

¿Y quién podría negarse a las exigencias de Candela? Así que Martín sostuvo el lápiz entre los dedos y se quedó contemplando el trozo de papel que le había dado antes de trazar la primera línea. Bebió un poquito más de vino antes de continuar dibujando aquel rostro que había visto cambiar con el paso de los años. Intentó plasmar su fortaleza y su poderío, con independencia de sus errores; la entrega a su familia, aunque no siempre supiese cómo hacerlo; y la ternura y la suavidad que llegó con el tiempo.

Empezaba a amanecer cuando se fueron a la cama.

—Ha sido una noche maravillosa, Martín.

—Lo sé. —Se giró y la abrazó con cariño.

Candela 2018

PRIMAVERA, 2018

Pese a las pastillas, Martín no puede dormir. Le ocurre a menudo, así que está acostumbrado a dar vueltas en la cama (aunque le frustra que su cuerpo se queje cada vez que se gira) y también a levantarse de madrugada para ir a por un vaso de agua, estirar las piernas o acercarse al baño. Desde que está en casa de Isaac, se esfuerza por ser silencioso y avanza por el pasillo a pasos cortos con la esperanza de no despertarlo. Lo último que quiere es ser un estorbo.

Pero, por lo visto, esa noche el insomnio es compartido.

Mientras bebe agua en la cocina, distingue la silueta de Isaac en el jardín, sentado en una de las sillas que hay junto a la mesa, con la mirada clavada en la oscuridad. Se pregunta qué estará observando, en qué estará pensando, qué estará sintiendo.

Se mueve despacio para salir a su encuentro. Isaac alza la vista hacia él y no dice nada al verlo, como si lo hubiese estado esperando. Martín se sienta a su lado.

—Tan solo necesito saber una cosa. —La voz de Isaac suena ronca en la penumbra, pero hay firmeza en sus palabras. Y también dolor. Un dolor enquistado, profundo, rumiante—. ¿Por qué no te despediste? ¿No crees que, después de todo, nuestra historia se merecía un «adiós» más digno que una huida a medianoche?

Martín se humedece los labios resecos porque toma conciencia de que es el momento que lleva esperando tanto tiempo y quiere ser sincero, no guardarse nada.

—Porque me daba miedo verte y cambiar de opinión. No podía permitírmelo. No podía. Entonces me odiaría durante el resto de mi vida, y cada segundo que vivimos juntos estaría condenado a desaparecer tal y como lo recordamos ahora.

Isaac tarda unos minutos en procesar sus palabras y todo parece detenerse, como si en ese vacío se uniesen el pasado y el futuro. Después, alarga la mano hacia la de Martín. Lo toca. Lo está tocando. Recorre con tierna lentitud las arrugas que surcan la carne, las pequeñas manchas propias de la edad y los dedos, algo agarrotados. Sus pieles se reconocen entre caricias y parecen decirse que se han echado de menos.

VERANO, 1980

¿Qué marca el inicio y el final de una relación? ¿La primera mirada, el último beso, la primera palabra, el último suspiro compartido? Un comienzo rápido parece propiciar que el final sea igual, como si de una ley equitativa se tratase.

Cuando se despertó esa mañana, Martín supo que era un punto y aparte. Ya había terminado el trabajo, la razón que lo llevó allí, pero seguía retrasando su regreso a casa. Se decía que aún podía perfeccionar algún dibujo, añadir información, darle otro tono con las acuarelas. O lo que es lo mismo: jugar una partida más al dominó, seguir regalando besos y permanecer más tiempo cobijado en la magia de aquel jardín.

Ese día no ocurrió nada inusual: estuvieron juntos, se bañaron en el arroyo y comieron en la terraza una ensalada con lo que habían recogido de la huerta: tomates maduros, lechugas, pepinos, cebollas dulces y unas cuantas fresas pequeñas pero deliciosas.

Al acabar, a la hora de la siesta, se tumbaron bajo la mimosa. Isaac estaba a su lado. Olía a la espuma de afeitar que había usado al regresar del arroyo, y su aliento cálido le hacía cosquillas en el cuello. Martín se tragó todas las lágrimas que luchaban feroces por salir. No quería que fuese triste. No podía permitírselo. Aunque sabía que era inevitable, porque es lo que siempre ocurre cuando alguien se arranca un pedacito del corazón y lo abandona para que el resto del órgano no se gangrene.

Hundió los dedos en el cabello castaño de Isaac y susurró:

—Tengo una creencia sobre los afectos que nunca le he contado a nadie. La llamo «la teoría de los archipiélagos» y viene a decir que todos somos islas, llegamos solos a este mundo y nos vamos exactamente igual, pero necesitamos tener otras islas alrededor para sentirnos felices en medio de ese mar que une tanto como separa. Yo siempre he pensado que era una isla pequeñita, de esas en las que hay tres palmeras, una playa, dos rocas y poco más; me he sentido invisible durante gran parte de mi vida. Pero entonces apareciste tú, que sin duda serías una isla volcánica llena de grutas y flores. Y es la primera vez que me pregunto… me pregunto si dos islas pueden tocarse en la profundidad del océano, aunque nadie sea capaz de verlo. Si eso existe, si entre los corales y los sedimentos y lo que sea que nos ancla en medio del mar hay un punto de unión, sin duda somos tú y yo. Y, si no es así, nos encontramos tan cerca que estoy convencido de poder llegar nadando hasta ti.

Unas horas más tarde, a medianoche, Martín recogió los papeles, metió la máquina de escribir en su funda, entró en el dormitorio y contempló al chico que dormía con la luz de la luna derramándose sobre él. Pausa. Salió con el corazón en la garganta, ignoró las polillas que bailaban alrededor de la luz encendida de la terraza y las ganas que tenía de echarse a llorar. Pausa. Dudó y se odió por ello, respiró hondo, cerró los ojos. Pausa. Miró esa puerta a la que llamaría casi cuarenta años después, se agachó para dejar en el suelo un puñado de nomeolvides azules y, por último, subió al coche, metió la llave y arrancó. Sin pausa.

Luego siguió recto, todo recto, disciplinadamente recto.

PRIMAVERA, 2018

Martín está sentado a la mesa de la humilde cocina. Coge una magdalena, la moja en el vaso de leche que se ha preparado para merendar y, luego, en lugar de darle un bocado, observa con aire ausente el líquido blanquecino. La magdalena se parte y se hunde hasta el fondo. Pero Isaac apenas le presta atención, porque lo mira a él.

—¿En qué estás pensando, Martín?

—Me hago la misma pregunta que todo el mundo se hace una vez en la vida.

—¿Puedes ser más específico?

Martín suelta el trozo de magdalena, que con un suave borboteo se empapa de leche. Alza la vista y lanza un suspiro.

—Me cuestiono la razón de la existencia.

—Vaya... —Isaac sonríe—. Casi nada.

—No dejo de darle vueltas al hecho de haber nacido en esta época y en este lugar. Yo qué sé, podría haber vivido en los años veinte en Nueva York o en una tribu de una isla remota de Australia, pero estoy aquí. Y me pregunto si hay alguna explicación...

—¿Sabes qué es lo mejor de ser una hormiga? —Martín frunce el ceño y niega con la cabeza—. Que no se plantean todas estas tonterías.

—¿Te parece una tontería el gran misterio de la humanidad?

—Pues sí. Porque es justo eso: un misterio. Y si no lo desentrañaron los griegos, los egipcios o en la actualidad algún departamento científico, creo que es ridículo que intentes descubrirlo tú mientras sacrificas una de mis magdalenas.

—Es que cuando se acerca el final... Cuando te das cuenta de que la muerte está más cerca que lejos... —Sacude la cabeza y respira hondo.

—Por eso mismo, Martín. No perdamos el tiempo. No lo hagamos otra vez. —Las manos arrugadas de los dos se encuentran sobre la mesa, e Isaac sonríe despacio pese a la melancolía latente—. Ven. Salgamos. He preparado algo.

—¿Una sorpresa?

—Sí. Te gustará.

El verano está a punto de ganarle la batalla a la primavera, y el viento que sopla es cálido a pesar de que ha empezado a atardecer. La luz es suave, de un tono rosáceo con filamentos anaranjados. Es pura belleza. Eso es lo que piensa Martín cuando, con ayuda de su bastón, sale por la puerta trasera al pacífico jardín. Y luego lo ve. Tarda unos segundos en asimilarlo, como si el pasado chocase con él cual tren de mercancías. En la mesa en la que tantas otras veces se han mirado y reído y enfadado, está su antiguo cuaderno de dibujo abierto por una de las pocas hojas en blanco que aún quedan. Un poco más allá, descansa un vaso de agua limpia, pinceles y unas acuarelas recién compradas.

Se le empañan los ojos.

—¿Esto es para mí?

—Para los dos, si he de ser sincero —contesta Isaac mientras se acerca a la mesa y aparta las sillas.

Espera pacientemente hasta que Martín deja el bastón y se sienta en la que le ofrece, y después se acomoda en la de al lado—. Verte dibujar siempre fue un placer. Me encantaba mirarte durante horas y horas...

—Es cierto. —Martín sonríe emocionado.

—Quiero volver a hacerlo —admite Isaac.

—Hace años que no toco las acuarelas...

—¿Y a qué estás esperando? Vamos.

Martín respira hondo, coge un pincel y lo moja antes de dejarlo suspendido en el aire mientras se decide por un color. Al final, elige el azul porque así son los ojos con los que soñó tantas veces. Y traza varias líneas sin pensar que se entrecruzan sin orden ni concierto, como la vida misma. Le falla el pulso, nota los dedos agarrotados, ha perdido mucha técnica, pero ¿qué importa? Se siente dichoso, pletórico, el corazón tan lleno como una fruta madura. Isaac, al otro lado de la mesa, lo mira casi sin parpadear.

Y, en ese instante, mientras el sol se desploma, todo es perfecto.

VERANO, 1980

—¿Y si tuviéramos varias vidas?

—Entonces me ataría al tronco de esta mimosa y ten por seguro que nada ni nadie podría conseguir que me alejase de este jardín. Y de ti. Sobre todo, de ti.

UN DOMINGO DE INVIERNO, 2019

Sus pasos crujen al romper la escarcha que recubre las hierbas del suelo. A Isaac lo reconforta sentirse acompañado por ese sonido quebrado y el canto ligero de los pájaros que desafían el frío alzando el vuelo. Deja de caminar cuando llega a la mimosa; el tronco se retuerce, las ramas están desnudas y se preparan para la llegada de la primavera. Abraza contra el pecho la pequeña urna azulada que sostiene en las manos. Fue la única petición que le hizo Martín mientras lamía como un niño un polo de fresa. «Mira, cuando todo acabe, que la urna sea azul, ¿de acuerdo? Nada de dorados o estampados raros. Azul como tus ojos o como el agua contenida en las piscinas.» Y él le prometió que así sería.

La abre despacio, traga saliva y deja que se vaya. Polvo al polvo.

Martín regresa al jardín, se une a la tierra donde dentro de unos meses brotarán las flores y el color y la alegría; cae sin esfuerzo porque ya no pesa, no hay equipaje sobre su espalda, así que se desliza entre el viento y es etéreo y sempiterno.

Esa tarde, Isaac coge la chaqueta más gruesa que tiene en su armario, sale a la terraza y abre una lata de cerveza. Brinda solo. Lo acompaña el limonero, las parras que parecen hibernar, las plantas adormecidas que esperan la llegada del sol para iniciar su pequeña revolución. Piensa en archipiélagos, en los naufragios que ocurren alrededor, en animales exóticos escondidos y en lugares que nunca ha pisado el hombre. Es consciente de que a veces la marea sube y algunas islas desaparecen, pero vuelven a salir a flote en cuanto baja el nivel del mar. Nota que su corazón está en paz y, para celebrarlo, se enciende un cigarrillo y, entonces, sonríe despacio.

No está seguro de si algún día volverán a encontrarse, pero lo que sí sabe es que aquel verano fueron felices, profundamente felices, y con eso basta. Que la vida se mide en besos: los que se quedan esperando y los que se dan y son eternos.

FIN

AGRADECIMIENTOS

La teoría de los archipiélagos ha sido un regalo. Llegó de forma inesperada y se convirtió en un refugio íntimo y pequeñito. Pero se habría quedado para siempre en un cajón de no haber sido por la gente que confía en mí, empezando por las lectoras y los lectores. Gracias por acompañarme en cada viaje, sea largo o corto, contemporáneo o no, adulto o más juvenil; hacéis que me sienta libre al escribir y muy afortunada.

Me hace muy feliz contar con el apoyo de la editorial Planeta y de todas las personas maravillosas que trabajan allí. Empezando por mis editoras, Lola y Raquel, y siguiendo con el resto del equipo, Laia, Isa, Silvia, Laura y un largo etcétera.

Gracias a Pablo. Esta historia está dedicada a ti.

Gracias a Dani, que me lee con un cariño especial. A Abril, Andrea y Saray, porque sé que siempre puedo contar con vosotras. A Myriam, que le alegra la vida a cualquiera y que me ayudó a perfilar detalles de esta novela. Y a Bea, que es un amor.

A mi familia, por todo.

Y a Juan, mi isla preferida.

booket